हिन्द पॉकेट बु

पेरिस का कुबड़ा

प्रतिभा के धनी विक्टर ह्यूगो ने 16 वर्ष की आयु में ही राष्ट्रीय कविता लिखकर ख्याति के अंकुर संजो लिए। 25 वर्ष के होते-होते ह्यूगो युवा लेखक के रूप में फ्रांस भर में विख्यात हो गए। इस प्रतिभा का जन्म 1802 में फ्रांस में हुआ। 20 वर्ष की आयु में बचपन की प्रेमिका फॉसर से विवाह किया और 1827 में कामवेल, नाटक पर भारी ख्याति अर्जित की। उनकी ख्याति उनकी आयु के साथ बढ़ती ही गई और 1885 में जब उनकी मृत्यु हुई तो वे 83 वर्ष के थे; मगर उनकी अर्थी के पीछे इतना जनसमूह था कि फ्रांस में उस शताब्दी में किसी की अर्थी के पीछे इतनी भीड़ न थी। यह था उनकी शताब्दियों तक चलनेवाली ख्याति का एक प्रमाण।

पेरिस का कुबड़ा

विश्व के महान् फ्रैंच उपन्यासकार के
क्लासिक उपन्यास *द हंचबैक ऑफ़ नोत्र दाम*
का सरल हिन्दी अनुवाद

विक्टर ह्यूगो

हिन्द पॉकेट बुक्स
पेंगुइन रैंडम हाउस इम्प्रिंट

हिन्द पॉकेट बुक्स

यूएसए। कनाडा। यूके। आयरलैंड। ऑस्ट्रेलिया। सिंगापुर
न्यू ज़ीलैंड। भारत। दक्षिण अफ्रीका। चीन

हिन्द पॉकेट बुक्स, पेंगुइन रैंडम हाउस ग्रुप ऑफ़ कम्पनीज़ का हिस्सा है,
जिसका पता global.penguinrandomhouse.com पर मिलेगा

पेंगुइन रैंडम हाउस इंडिया प्रा. लि.,
चौथी मंजिल, कैपिटल टावर -1, एम जी रोड,
गुड़गांव 122 002, हरियाणा, भारत

पेंगुइन
रैंडम हाउस
इंडिया

प्रथम हिन्दी संस्करण हिन्द पॉकेट बुक्स द्वारा 2012 में प्रकाशित
यह हिन्दी संस्करण हिन्द पॉकेट बुक्स में पेंगुइन रैंडम हाउस द्वारा 2022 में प्रकाशित

10 9 8 7 6 5 4 3 2

इस पुस्तक में व्यक्त विचार लेखक के अपने हैं, जिनका यथासंभव तथ्यात्मक
सत्यापन किया गया है, और इस संबंध में प्रकाशक एवं सहयोगी
प्रकाशक किसी भी रूप में उत्तरदायी नहीं हैं।

ISBN 9789353493363

मुद्रकः रेप्रो इंडिया लिमिटेड

www.penguin.co.in

FSC www.fsc.org
MIX
Paper from responsible sources
FSC® C047271

This is a legitimate digitally printed version of the book and therefore might not
have certain extra finishing on the cover.

विक्टर ह्यूगो
1802-1885

परिचय

जिसके पिता महान् नेपोलियन की फ़ौज में जनरल हों, बचपन में जिसका अभिजातवर्गीय पालन-पोषण हुआ हो, उसके बारे में भला कैसे सोच सकते हैं कि वह इतना भावुक और संवेदनशील निकलेगा कि एक दिन हाथ में क़लम पकड़ लेगा और फिर नाटक, कविता, उपन्यास लिखने में अपना सारा वजूद झोंक देगा, फिर लिखते-लिखते एक दिन अपने आपको विश्व के महान् साहित्यकारों में स्थापित कर देगा।

वह कोई और नहीं, वह थे विक्टर ह्यूगो। विश्व के लिए फ़्रांस की धरती की देन। उनकी जन्मभूमि थी बेसानकोन, जहां 1802 में 26 फ़रवरी के दिन उन्होंने अपनी छोटी-छोटी आंखें खोलकर पहली बार जग का मुजरा देखा था। बहुत छोटी-सी उम्र में वह घूम-फिर भी लिए। अकेले नहीं, पिता के साथ गए—नेपल्स और मेड्रिड। इन यात्राओं के दौरान कुछ महत्त्वपूर्ण लोगों ने उनके बाल-मन पर ख़ासा प्रभाव डाला

और उन्हें मज़बूत इरादों वाला बनाया। इससे ऐसे समय में उनमें गहरी सहनशीलता आई, जब नेपोलियन बोनापार्ट का पतन हुआ। उनक पूरा परिवार इस घटना से हिल गया था, पर झटका तो झेलना ही था। सिर्फ़ स्कूल के तीन सालों को छोड़ दें, तो ह्यूगो को पढ़ाई-लिखाई में परेशानी ही उठानी पड़ी। बढ़िया शिक्षा तो मिली, पर ऊबड़-खाबड़ ढंग से। फिर भी वह बहुत अच्छे गणितज्ञ बने और साथ ही बेहतरीन पाठक बन गए।

सिर्फ़ बीस साल के थे। इतनी छोटी उम्र में पहला कविता संग्रह आ गया। वैसे तो स्कूल के दिनों में ही पहली कविता लिखी और उस पर पुरस्कार पाया। एक समय में वह आर्थिक रूप से बुरी तरह कमज़ोर हो गए थे। उन्हें पेंशन से सहायता मिलने लगी, तो कुछ सुधार आया। बचपन में वह एक ख़ूबसूरत लड़की से प्यार करते थे। नाम था उसका—एदले फ़ाउच। उसी से शादी करके घर बसा लिया, पर उनके भाई की तो जैसे दुनिया ही उजड़ गई। वह भी एदले के प्यार में दीवाना था। आख़िर उसकी शादी के बाद वह पागल हो गया।

विक्टर ह्यूगो ने फ्रेंच साहित्य में अपना अलग रास्ता चुना। उन दिनों साहित्य की जो क्लासिक परंपरा थी, वह नए ज़माने से मेल नहीं खा रही थी। उन्होंने धीरे-धीरे इस परंपरा को ही तोड़ना शुरू कर दिया, क्योंकि वह इसे अभिजातवर्ग के पक्ष में ही अधिक खड़ा पाते थे। उनकी नज़र में जन-सामान्य के दुख-दर्द उभर आते थे। वह चाहते थे कि दलित और वंचितों में भी चेतना आ जाए और वे साहस के साथ समाज में खड़े हो सकें। सन् 1827 में बड़ा बदलाव आया। उन दिनों साहित्य में एक नया रोमांटिक आंदोलन चल रहा था। वह उसके प्रवक्ता और नायक बन गए। सन् 1830 में उनका एक नाटक खेला गया—'हेरनानी'। उससे 15,000 फ्रेंक की राशि प्राप्त हुई। इसी के अगले साल उनका 'लेंडमार्क' उपन्यास आया—'नोत्र दाम द पारी', जो अंग्रेज़ी में 'द हंचबैक ऑफ़

नोत्र दाम' के नाम से छपकर विश्व-भर में चर्चित हो गया। भारत में इसी उपन्यास ने 'पेरिस का कुबड़ा' नाम से छपकर हलचल मचा दी।

इसके साथ-साथ नाटक भी चलते रहे। इनमें 'लूक्रेज़िया बोर्गिया' और 'री ब्लेस' तो ऐसे छा गए कि उन्हें साहित्य में भरपूर प्रतिष्ठा मिली। उनकी प्रसिद्धि निरंतर बढ़ती गई। वह 1841 का साल था, जब फ्रेंच अकादमी में उन्हें चुन लिया गया। यही समय था, जब वह प्रसिद्धि के शिखर पर खड़े थे। शुरू में उन्हें क़लम की बदौलत रोटी-रोज़ी चलाना बहुत मुश्किल लग रहा था, पर अपार ख्याति अर्जित कर ली, तो बुरे दिन भी जाते रहे। तंगहाली दूर हुई, तो ख़ुशहाली ने घर देख लिया। बाद में उनका एक नाटक अच्छा नहीं चल पाया। वह बहुत दुखी थे कि उसी साल में उन्हें बेहद प्यारी अपनी बच्ची को खो देना पड़ा। वह टूट से गए, लेकिन फिर जल्दी ही हिम्मत से खड़े हो गए, क्योंकि अभी उन्हें साहित्य को बहुत कुछ देना था। उन पर राजनीति का भूत सवार था। राजनीति के कारण थोड़े समय के लिए कविता से नाता तोड़ लिया और 1845 में फ्रांस के एक 'लार्ड' का सृजन किया।

राजनीति में विक्टर ह्यूगो हिम्मतवाले तो थे, लेकिन बहुत चतुर खिलाड़ी नहीं थे। सच तो यह है कि एक 'जेनुइन' साहित्यकार राजनीति के लिए बना ही नहीं होता। उसकी दुनिया अलग तरह की संवेदनाओं से भरी होती है। देखते-देखते 1851 में फ्रेंच गणतंत्र का पतन हो गया। उन्हें देश-निकाला भुगतना पड़ा। यह राजनीति के कारण ही तो था। वह फ्रांस से क्या गए, फिर तो एक लंबे समय तक लौटे ही नहीं। कुल 19 साल देश से बाहर गुज़ार दिए। उन्हें फ्रांस के द्वितीय साम्राज्य से बेहद घृणा थी। इसलिए 1870 तक अपने देश से कटे रहे। उन्हें अपना देश प्यारा था, अपनी ज़मीन प्यारी थी, पर साम्राज्यवाद के वह घोर शत्रु थे। इस बीच लिखना-पढ़ना जारी रखा। उनका सर्वाधिक प्रसिद्ध उपन्यास 'ला मिज़रेबल' इसी दौरान लिखा गया, जो साहित्य जगत में धूमकेतु की तरह चमका।

देश-निकाले के आख़िरी साल उनके लिए बड़े मनहूस साबित हुए। उनकी पत्नी, जिसको बचपन से ही प्यार करते आए थे, उसने बेवफ़ाई की और उन्हें छोड़ दिया। बाद में उसका वजूद ही मिट गया। वह क़ब्रगाह में गहरी नींद जा सोई। उधर एक बेटी ने भी दग़ा दे दिया। वह एक अंग्रेज़ अफ़सर के साथ चुपचाप भाग गई। वह हिल गए, उनका दिमाग़ घूम गया, पर बला के हिम्मती थे। झेल गए यह सब।

अब लौट आए पेरिस। उनका ज़बरदस्त स्वागत किया गया। थोड़े समय तक राजनीति में माथा-पच्ची की। वह तो बने ही साहित्य के लिए थे, इसलिए राजनीति में कब तक टिकते। सारी दुनिया में उन्हें इस बला की ख्याति मिली, जो हर किसी का दिमाग़ ख़राब कर सकती है, पर ह्यूगो ठीक-ठीक चलते रहे। यही वजह थी कि 80वें जन्मदिन के समय 6 लाख नागरिक उनके चाहने वाले थे। वह 22 मई का दिन था और साल था 1885, उस दिन विक्टर ह्यूगो नाम की महान् आत्मा ने अपनी अंतिम सांसें गिनीं। उन्हें 31 मई को दफ़नाया गया और एक शानदार समाधि बनाई गई। वह रात का समय था। उनकी शवयात्रा में 10 लाख लोग चल रहे थे और शोक में डूबे हुए थे। इससे भी पता चलता है कि उनकी लोकप्रियता का कोई ठिकाना नहीं था। उनकी अंतिम इच्छा थी—उनके शव को किसी कंगाल के कोफ़िन में रखकर ले जाया जाए।

—डॉ. नफ़ीस आफ़रीदी

पहला भाग

6 जनवरी, 1482 की सुबह पेरिस की सारी घंटियां बज उठीं और लोग जाग पड़े। उस वक्त किसी संत के अवशेषों का जलूस नहीं निकल रहा था, न ही किसी विदेशी राजदूत का आगमन हुआ था। पंद्रहवीं सदी में ऐसे दृश्य अक्सर दिखाई देते थे।

आज एपीफेनी[1] और मूर्खों के उत्सव की छुट्टियां एक साथ आ पड़ी थीं। कल मुनादी हुई थी कि इस मौके पर डांस और नाटक का आयोजन होगा और आग जलाई जाएगी।

पैलेस ऑफ जस्टिस की ओर आनेवाली सड़कों पर विशेष भीड़ थी, क्योंकि यह सुनने में आया था कि फ्लेमिश राजदूत वहां नाटक और मूर्खों के पोप का चुनाव देखने आएंगे। पैलेस ऑफ जस्टिस का हॉल उस जमाने में दुनिया का सबसे बड़ा हॉल था, जो दर्शकों से ठसाठस भरा था। आसपास की इमारतों की खिड़कियों और छतों से लोग संतोषपूर्वक इस जनसमूह को देख रहे थे। अभी भी पेरिस के लोगों को उन दर्शकों को देखने में मज़ा आता है, जो किसी दृश्य को देख रहे हों।

हॉल के सात विशाल खंभों के आसपास लोग बैठे थे, बीचोबीच फ्लेमिश राजदूतों और अन्य सम्मानित अतिथियों के लिए एक ऊंची

---

1. ईसा मसीह के आविर्भाव का पवित्र दिन।

गैलरी बनाई गई थी। हॉल के एक कोने में संगमरमर की प्रसिद्ध मेज थी, जो इतनी लंबी-चौड़ी और ठोस थी कि 'धरती पर संगमरमर की ऐसी शिला कभी नहीं दिखाई दी।' परंपरा के अनुसार नाटक इसी मेज पर खेला जानेवाला था। मेज के ऊपर लकड़ी का एक चबूतरा बनाकर स्टेज तैयार किया गया था।

भीड़ पर नियंत्रण रखने के लिए मेज के चारों कोनों पर चार सार्जेण्ट खड़े थे।

कुछ लोग तड़के से ही पैलेस की सीढ़ियों पर ठिठुर रहे थे और कुछ लोगों का दावा था कि उन्होंने फाटक के सामने रात गुज़ारी थी, ताकि वे सबसे पहले हॉल में दाखिल हो सकें। लोगों में बेआरामी, बेचैनी और ऊब छाई थी। लंबे इंतज़ार की वजह से छोटी-छोटी बातों पर झगड़े हो रहे थे। किसी को किसी की कोहनी चुभ गई, किसी का पैर दब गया। लोग राजदूतों, कार्डिनल द' बोर्बों, सार्जेण्टों, सर्दी, गर्मी, बुरे मौसम, पेरिस के बिशपों और मूर्खों के पोप को गालियां दे रहे थे। विद्यार्थियों और रईसों के नौकर-चाकरों का एक दल अपनी फब्तियों से लोगों के असंतोष को और भी ज़्यादा बढ़ा रहा था।

इन शोख शैतानों ने एक खिड़की के शीशे तोड़ दिए थे और अपने साथियों से भी मज़ाक कर रहे थे। अन्य दर्शकों की तरह उन्हें ऊब और थकान महसूस नहीं हो रही थी।

"या खुदा! जेहान फ्रेलो भी यहां है!" एक नौजवान ने सुनहरे बालों और शरारती चेहरे वाले एक नौजवान को पुकारा, "तुम यहां कितनी देर से हो?" नौजवान एक खंभे के ऊपरी हिस्से से चिपटा हुआ था।

"शैतान की मेहरबानी से मैं यहां चार घंटों से हूं।"

इस वक्त घड़ी ने दोपहर का घंटा बजाया। लोगों ने चैन की सांस ली। विद्यार्थी खामोश हो गए। सब आंखें स्टेज की ओर लगी थीं,

लेकिन अभी फ्लेमिश राजदूत नहीं आए थे, इसलिए नाटक शुरू नहीं हुआ था। एक घंटा और बीत गया। लोगों की अधीरता गुस्से में बदल गई। जेहान फ्रेलो पूरे जोर से चिल्लाया, "जहन्नुम में जाए राजदूत ! हम नाटक देखना चाहते हैं। अगर हमें नाटक न दिखाया गया, तो हम पैलेस के अफसर को फांसी लगा देंगे।"

"ठीक है ! आइए, पहले सार्जेण्टों को फांसी दें !" भीड़ चिल्लाई।

जोर से तालियां बज उठीं। सार्जेण्टों के चेहरे डर से पीले पड़ गए और वे घबराहट में एक-दूसरे का मुंह ताकने लगे। लकड़ी का जंगला टूट गया और भीड़ आगे बढ़ने लगी।

इसी वक्त पर्दा हटाकर एक आदमी स्टेज के ऊपर आया।

"खामोश ! खामोश !" लोगों का गुस्सा जिज्ञासा में बदल गया।

"लेडीज़ एण्ड जेंटलमैन, हम आज एक नैतिकतापूर्ण तथा शिक्षाप्रद नाटक प्रस्तुत कर रहे हैं। मैं जुपिटर के रोल में आपके सामने आऊंगा। सम्मानित अतिथियों के आते ही हम नाटक शुरू कर देंगे।"

अगर जुपिटर वहां न आता तो उन बदकिस्मत सार्जेण्टों की खैर नहीं थी। उसकी पोशाक इतनी रंगीन और भड़कीली थी कि लोगों का ध्यान फौरन उसकी तरफ आकर्षित हो गया था। उसके पैरों में यूनानी ढंग के सैंडल थे और हाथ में सुनहरा वज्र था।

दो

"नाटक अभी शुरू करो ! फौरन !" लोग फिर चिल्लाए।

"जुपिटर और कार्डिनल द' बोर्बो मुर्दाबाद !" खिड़की पर बैठे विद्यार्थी बोले।

"एक्टरों और कार्डिनल को फांसी लगा दो।"

बेचारे जुपिटर की बुरी हालत थी। उसे डर था कि अगर उसने अतिथियों को इन्तजार किया तो लोग उसे फांसी पर चढ़ा देंगे और अगर नाटक फौरन शुरू कर दिया तो कार्डिनल उसे फांसी पर चढ़ा देगा।

इसी वक्त एक लंबा, दुबला नौजवान आगे आया। उसने एक्टर के कान में कहा, "फौरन नाटक शुरू कर दो। भीड़ को खुश कर दो। मैं बेलिफ को मना लूंगा और वह कार्डिनल को समझा देगा।"

"लेडीज़ एंड जेंटलमैन, हम नाटक शुरू करनेवाले हैं।" हॉल तालियों की गड़गड़ाहट से गूंज उठा।

जब वह अज्ञात नौजवान अपनी जगह पर वापस आया, तो एक युवती ने उससे पूछा, "क्या आपके खयाल में यह नाटक अच्छा है ?"

"हां, मैं ही इस नाटक का लेखक हूं। मेरा नाम पियर ग्रिंगोयर है।"

दर्शक खामोशी से नाटक शुरू होने का इन्तजार कर रहे थे। यह उस शाश्वत सत्य का सबूत था, जो हर रोज हमारे थियेटरों में साबित होता है। दर्शकों को इंतज़ार करवाने का सबसे अच्छा तरीका यही है कि दर्शकों के सामने यह घोषणा कर दी जाए कि नाटक शुरू होनेवाला है।

लेकिन जेहान फ्रेलो भी सोया नहीं था। वह जोर से चिल्ला उठा, "अरे ओ जुपिटर ! वहां खड़े क्या कर रहे हो ? नाटक शुरू करो, वरना

हम लोग अपनी कार्यवाही शुरू कर देंगे।"

फौरन ऑर्केस्ट्रा बज उठा और गहरे मेकअप में चार एक्टर आकर स्टेज पर कतार बांधकर खड़े हो गए। उन्होंने झुककर दर्शकों को सलाम किया।

दर्शक एक्टरों के शब्दों की बजाय उनकी पोशाकों में ज़्यादा दिलचस्पी ले रहे थे। चारों की सफेद और पीली पोशाकें एक जैसी थीं, फर्क सिर्फ़ इतना था कि एक की पोशाक सोने-चांदी के किमखाब की थी, जिस पर लिखा था, "मेरा नाम कुलीनता है।" दूसरे की पोशाक रेशमी थी, जिस पर लिखा था, "मैं पादरी हूं।" तीसरे की पोशाक ऊनी थी, जिस पर लिखा था, "मैं व्यापारी हूं।" चौथे की पोशाक सूती थी, जिस पर लिखा था, "मैं किसान हूं।" उनके पास एक सोने की मछली थी, जिसे वे संसार की सर्वश्रेष्ठ सुंदरी को भेंट करना चाहते थे, और इस सुंदरी की तलाश में संसार के हर कोने में भटक रहे थे।

उधर हॉल में एक फटेहाल भिखारी कार्निस पर चढ़कर दर्शकों का ध्यान अपनी दाईं बांह की ओर आकर्षित कर रहा था, जिस पर एक गंदा फोड़ा था। उसे देखते ही जेहान ठहाका मारकर हंस पड़ा और चिल्लाया, "जरा देखो, इस बदमाश को! भीख मांग रहा है।"

मेढकों से भरे तालाब में पत्थर फेंकने से जो असर होता है, वही असर जेहान की बात का हुआ। ग्रिंगोयर चौंक पड़ा, जैसे उसे बिजली का तार छू गया हो। सब भिखारी की ओर देखने लगे। भिखारी को भीख मांगने का मौका मिल गया। उसने आंख मूंदकर कहा, "दान दो।"

"मेरे दोस्त, देखता हूँ तुमने फोड़ा बांह पर लगा लिया है। टांग पर तकलीफ देता था न।" जेहान ने यह कहकर भिखारी के हैट में एक सिक्का फेंका।

ग्रिंगोयर को गुस्सा चढ़ा। उसने एक्टरों से कहा, "नाटक जारी रखो।"

इसी वक्त गैलरी का एक दरवाजा खुला और थियेटर के प्रवेशक ने कहा :

"हिज़ एमीनेंस कार्डिनल द' बोर्बों तशरीफ लाए हैं।"

तीन

बेचारा ग्रिंगोयर! कार्डिनल के आते ही दर्शकों में खलबली मच गई। सब लोग गैलरी की तरफ देख रहे थे। चारों तरफ से आवाज़ें सुनाई दे रही थीं, "कार्डिनल! कार्डिनल!"

कार्डिनल ख़ूबसूरत आदमी था और उसने लाल चोग़ा पहन रखा था। लोग बिशपों और पादरियों की तरफ इशारे कर रहे थे। और उनके नाम ले रहे थे।

आज मूर्खों का त्योहार था, जिसमें क्लर्क और विद्यार्थी भाग लेते थे। आज उन्हें सब बेहूदगियों के लिए खुली छूट प्राप्त थी। वे ऊंची आवाज़ में भयंकर कुफ़्र बक रहे थे। लेकिन कार्डिनल का ध्यान राजदूतों की तरफ था। बादशाह को खुश करने के लिए कार्डिनल को उन लोगों का, जिनकी हैसियत मामूली बर्गोमास्टरों जैसी थी और जो बीयर पीते थे, सार्वजनिक स्वागत करना पड़ रहा था।

फ्लेमिश प्रतिनिधिमंडल के पीछे एक लंबा आदमी आकर खड़ा हो गया, जिसने चमड़े की जैकेट पहन रखी थी। प्रवेशक ने उसे साईस समझकर वहीं टोक दिया।

"बेवकूफ कहीं का! देखता नहीं, मैं भी प्रतिनिधिमंडल का सदस्य

हूं?" उस आदमी ने ऊंची आवाज़ में कहा। दर्शकों का ध्यान फौरन उसकी तरफ खिंच गया।

"आपका नाम?"

"यक कोपेनहोल।"

"आपकी पदवी?"

"मोज़ों का व्यापारी।"

सारा हॉल हंसी और तालियों की आवाज़ से गूंज उठा। कोपेनहोल जनता का आदमी था और वह रईसों के सामने अकड़ से पेश आया था, इस बात से साधारण लोगों के मन में स्वाभिमान जागृत हो उठा—पंद्रहवीं शताब्दी में यह भावना अस्पष्ट रूप में मौजूद थी।

ग्रिंगोयर दर्शकों की ओर देखकर सोच रहा था कि कुछ देर पहले यही लोग नाटक देखने के लिए इतने बेताब थे कि वे पैलेस के अफसर और सार्जेण्टों को फांसी देने पर उतारू हो गए थे।

अचानक यक कोपेनहोल ने उठकर दर्शकों के सामने भाषण देना शुरू कर दिया, "पेरिस के नागरिको! पंद्रह मिनट से मैं स्टेज की तरफ देख रहा हूं। लगता है कि कोई लड़ाई शुरू होनेवाली है। लेकिन मालूम होता है कि वे लोग डरपोक हैं, एक-दूसरे को गालियां दे रहे हैं। शायद आप इसी को नाटक समझते होंगे। इससे अच्छा होता कि आप लंदन या रोटर्डम से मुक्केबाजों को बुलवा लेते। मझे तो बताया गया था कि हमें मूर्खों के उत्सव में ले जाया जा रहा है, जहां एक पोप चुना जाएगा। हमारे यहां भी पोप चुना जाता है। बारी-बारी से एक छेद में से लोग मुंह बनाते हैं, सबसे बदसूरत मुंह बनानेवाले को पोप चुना जाता है। क्यों न हम इसी तरह यहां भी पोप को चुनें। आपकी क्या राय है? यहां बदसूरत चेहरों की कमी नहीं है।"

इस सुझाव का बड़े उत्साह से स्वागत किया गया।

चार

पलक झपकते ही सब तैयारियां हो गईं। एक छोटा खिड़की का शीशा तोड़कर छेद बनाया गया और यह तय हुआ कि हर उम्मीदवार वहां जाकर खड़ा होगा।

गैलरी में बैठकर कोपेनहोल सब तैयारियों का निरीक्षण कर रहा था। कार्डिनल किसी ज़रूरी काम का बहाना करके अपने स्टाफ के साथ वहां से चला गया। किसी ने उसकी तरफ ध्यान नहीं दिया। एक-एक करके उम्मीदवार छेद में से झांकने लगे और दर्शक हंसी से लोटपोट हो रहे थे।

अचानक तालियों की गड़गड़ाहट सुनाई दी। मूर्खों का पोप चुन लिया गया। कोपेनहोल ने भी तालियां बजाईं और भिखारी ने भी, जो उम्मीदवारों में से एक था, हार मान ली। विजेता की बाईं आंख छोटी थी, दाईं आंख एक बड़े-से मस्से के नीचे छिप गई थी। दांत किसी क़िले की फसलों की तरह ऊबड़-खाबड़ थे, एक दांत हाथीदांत की तरह बाहर निकला हुआ था-पाठक उसके व्यक्तित्व की कल्पना करना चाहें तो शौक से करें।

दरअसल यह उसके चेहरे का स्वाभाविक भाव था। उसका सारा शरीर टेढ़ा-मेढ़ा था। पीठ के पीछे और सामने एक बड़ा-सा कूबड़ था। उसके पैर और हाथ राक्षसों की तरह बड़े-बड़े थे। लेकिन इतनी बदसूरती के बावजूद उसमें साहस था—इस प्राचीन सिद्धांत के विरोध में एक शक्ति भी सौंदर्य की तरह सामंजस्य से पैदा होती है। उसे देखकर ऐसा मालूम होता था कि किसी दैत्य के टुकड़े करने के बाद उन टुकड़ों को जैसे बेतरतीब जोड़ दिया गया हो।

“अरे यह तो घंटा बजानेवाला कासीमोडो है। नोत्र दाम का कुबड़ा। काना कासीमोडो। टेढ़ी टांगवाला कासीमोडो। हुर्रा!”

"गर्भवती स्त्रियां इधर न देखें।" विद्यार्थियों ने कहा।

कुछ औरतों ने सचमुच अपने चेहरे ढांप लिए।

"कैसा बदसूरत बंदर है।" एक ने कहा।

"जितना बदसूरत है, उतना दुष्ट भी है।"

"साक्षात् शैतान है।"

"बदकिस्मती से मैं नोत्र दाम के नजदीक रहती हूं; हर रात छत पर उसके घूमने की आवाज़ आती है।

"मुझे यकीन है कि वह जादूगरनियों की सभा में हर शनिवार को शामिल होता है। एक रात वह मेरी छत पर झाडूं छोड़ गया था।"

"कैसा बदसूरत कुबड़ा है।" एक विद्याथी कुबड़े के पास आकर हंसने लगा। कासीमोडा ने उसे कमर से उठाकर दस फुट ऊपर उछालकर भीड़ में फेंक दिया।

यक कोपेनहोल ने चकित स्वर में कहा, "ख़ुदा की कसम, ऐसी बढ़िया बदसूरती मैंने ज़िंदगी में कभी नहीं देखी। तुम्हें तो पेरिस के साथ-साथ रोम का पोप भी बना देना चाहिए। क्या बात है, तुम बहरे हो ?"

एक बुढ़िया ने बताया कि कासीमोडो बहरा है।

जेहान ने खंभे से नीचे उतरकर कहा, "यह मेरे भाई के गिरजे में घंटा बजाता है। मेरा भाई पादरी है।"

"घटा बजाते-बजाते इसके कान बहरे हो गए हैं। लेकिन यह गूंगा नहीं है।' बुढ़िया ने बताया।

इसी वक्त भिखारियों, पॉकेटमारों और विद्यार्थियों के एक दल ने कासीमोडो के सिर पर गत्ते का मुकुट रख दिया और मूर्खों के पोप का हास्यास्पद चोगा पहना दिया। इसके बाद सड़कों पर कासीमोडा का जलूस निकाला गया।

पांच

ग्रिंगोयर को उम्मीद थी कि जब हुल्लड़ बंद हो जाएगा तो दर्शक उसके नाटक की तरफ ध्यान देंगे, लेकिन कासीमोडो और कोपेनहोल के साथ ही सारे हुल्लड़बाज जलूस में शामिल हो गए और हॉल खाली हो गया। सिर्फ़ खिड़कियों पर थोड़े-से विद्यार्थी रह गए, जो चौक का दृश्य देख रहे थे।

ग्रिंगोयर ने सोचा, "अभी भी मेरे नाटक के लिए दर्शक मौजूद हैं। उनकी तादाद ज़्यादा नहीं, लेकिन वे सुसंस्कृत लोग हैं।"

अचानक एक खिड़की पर से एक विद्यार्थी चिल्ला उठा, "ला इज़्मेराल्दा ! ला इज़्मेराल्दा।"

सारे हॉल में हलचल मच गई। बाहर से तालियों की आवाज़ सुनाई दी।

इसी वक्त जुपीटर को अपना वज्र लेकर स्टेज पर जाना था, लेकिन जुपिटर स्टेज के नीचे खड़ा था।

"तुम यहां खड़े क्या कर रहे हो ? ऊपर क्यों नहीं जाते ?" ग्रिंगोयर ने एक्टर से पूछा।

"किसी विद्यार्थी ने सीढ़ी हटा दी है, वह खिड़की पर चढ़कर ला इज़्मेराल्दा को देख रहा है।"

"जहन्नुम में जाओ तुम सब ! अगर मुझे इस नाटक के लिए कोई रकम मिली, तभी तुम्हें तनख्वाहें दी जाएंगी।" उसने एक्टरों से कहा।

वह बड़बड़ाया, "पेरिस के लोग कितने अहमक़ हैं। नाटक देखने आए थे, लेकिन उन्हें नाटक से ज़्यादा दिलचस्पी कार्डिनल में है, एक कोपेनहोल में और कासीमोडो में है ! न जाने यह ला इज़्मेराल्दा क्या

बला है !"

दूसरा भाग

ग्रिंगोयर ने निराश होकर दार्शनिक विचारों का आश्रय लिया। घर वापस जाने की हिम्मत उसमें नहीं थी, क्योंकि पिछले छह महीनों से उसने मकान के मालिक को कमरे का किराया नहीं दिया था। वह परेशान था कि रात कहां काटी जाए। उसे याद आया कि पिछले हफ्ते उसने पार्लियामेंट के एक मेंबर के घर के आगे एक सिल रखी देखी थी और मन-ही-मन सोचा था कि यह सिल किसी भिखारी या ज़रूरतमंद कवि के लिए शानदार तकिये का काम दे सकती है।

इसी वक्त चौक में उसे फिर मूर्खों के पोप का जलूस दिखाई दिया। इस दृश्य से उसके आहत स्वाभिमान की टीस फिर तेज़ हो उठी। वह वहां से भाग खड़ा हुआ। अचानक उसने फैसला किया कि वह प्लेस द' ग्रीव में जाकर आग तापेगा।

दो

सर्दी से उसका शरीर सुन्न पड़ गया था। वह चौक के बीचोबीच जलती आग के पास पहुंचा, लेकिन वहां पहले से लोगों की भीड़ मौजूद थी। 'ये कमबख्त पेरिसवासी मुझे आग भी नहीं तापने देंगे!'

उसने नज़दीक आकर देखा कि लोगों के आकर्षण का कारण जलती हुई लकड़ियां नहीं बल्कि एक नौजवान लड़की थी, जो आग के पास नाच रही थी।

उसे देखकर क्षण-भर के लिए ग्रिंगोयर की आंखें चौंधिया गईं। वह यह नहीं तय कर पाया कि वह लड़की परी थी, फरिश्ता थी या इंसान थी।

उसका कद लंबा नहीं था, उसका रंग कुछ सांवला था और वह एक पुराने ईरानी क़ालीन पर नाच रही थी। उसकी बड़ी-बड़ी काली आंखें जैसे आग बरसा रही थीं। उसकी रंग-बिरंगी पोशाक में से उसके नंगे कंधे दिखाई दे रहे थे, और स्कर्ट के नीचे से उसकी सुडौल टांगें दिखाई दे रही थीं। उसके बाल भी काले थे। वह डफ बजाकर नाच रही थी।

इसी वक्त लड़की के बालों में से एक तांबे का सिक्का निकलकर फुटपाथ पर गिरा। 'नहीं, यह देवी नहीं, जिप्सी है।'

लड़की ने तलवारों का खेल दिखाया। निस्संदेह वह जिप्सी थी। भीड़ में से एक आदमी का चेहरा बड़े गौर से नर्तकी की तरफ देख रहा था। उसकी उम्र पैंतीस के करीब थी लेकिन उसका सिर गंजा था।

लड़की थकान से हांफने लगी। लोगों ने तालियां बजाईं।

"इधर आओ जाली!" लड़की ने पुकारा। एक नन्ही-सी सफेद बकरी, जो अभी तक कालीन के एक कोने में दुबककर अपनी मालकिन का नाच देख रही थी, उठकर सामने आई।

बकरी के सींगों और खुरों पर सुनहरा रंग किया गया था।

"जाली, यह कौन-सा महीना है?" बकरी ने खुर उठाकर छह बार डफ पर मारा।

"जाली, कितने बजे हैं?" जाली ने सात बार आवाज़ की। इसी वक्त चौक की घड़ी में सात का घंटा बज उठा।

लोग हैरान रह गए। "यह जादू-टोना है।" गंजे सिरवाला आदमी बोला। लड़की कांप उठी। लेकिन यह दुष्टतापूर्ण टिप्पणी तालियों की गड़गड़ाहट में खो गई।

"अच्छा जाली, यह बताओ कि पादरी यक कारमोलू कैसे उपदेश देता है?"

"यह कुफ्र है।" गंजे आदमी ने कहा।

छोटे-बड़े सिक्कों से लड़की की डफ भर गई, लड़की ग्रिंगोयर के सामने आकर खड़ी हुई। इस वक्त अगर ग्रिंगोयर की जेब में पीरू का सारा सोना होता तो वह उस लड़की को दे डालता, लेकिन उसकी जेब खाली थी।

"यहां से चली जाओ, जिप्सी छोकरी!" चौक के एक अंधेरे कोने में से किसी औरत की आवाज़ सुनाई दी।

"रोलां के मीनार की संन्यासिन चिल्ला रही है।" बच्चों ने कहा।

जिप्सी लड़की अपरिचित भाषा में कोई गीत गाने लगी। यह गीत इतना मधुर था कि ग्रिंगोयर पहली बार अपने सारे दुख भूल गया।

इसी वक्त मूर्खों के पोप का जलूस मशालें लेकर वहां आया। पेरिस के सब आवारा और बेकार आदमी जलूस में शामिल हो गए थे। सबसे आगे चिथड़ेनुमा पोशाकों में जिप्सी मर्द और औरतें थीं, उनके कंधों पर उनके बच्चे बैठे रो रहे थे। इसके बाद चोर और डाकू थे, उनके बाद गेलीली के सम्राट की सवारी थी, जो शराब से गीली पोशाक में थे।

सबके हाथों में मोमबत्तियां थीं। अंत में कासीमोडो की सवारी आ रही थी। ज़िंदगी में पहली बार उसे गर्व का अनुभव हुआ था। अभी तक उसे तिरस्कार और नफरत ही नसीब हुई थी।

इस वक्त एक आदमी ने कासीमोडो के सामने आकर गुस्से में उसका मुकुट उतार दिया। यह वही गंजा आदमी था, जिसने अभी थोड़ी दूर पहले अपने नफ़रत-भरे शब्दों से बेचारी जिप्सी लड़की को डरा दिया था। उसने पादरी का चोगा पहन रखा था।

ग्रिंगोयर ने उसे फौरन पहचान लिया, "अरे, यह तो पादरी दोम क्लॉद फ्रोलो है। यह काना राक्षस पादरी के टुकड़े कर देगा।"

लेकिन कासीमोडो पादरी को देखते ही घुटने टेककर बैठ गया। वैसे वह इतना ताकतवर था कि अगर चाहता तो अपने एक ही अंगूठे से पादरी का काम तमाम कर सकता था। पादरी ने कासीमोडो के कंधों को हिलाकर इशारा किया कि वह उसके साथ चले। मूर्खों का दल अपने पोप की रक्षा के लिए आगे बढ़ा, लेकिन कासीमोडो मुट्ठियां तानकर क्रुद्ध शेर की तरह पादरी के आगे खड़ा हो गया। फिर दोनों जने एक तंग अंधेरी गली में गायब हो गए।

तीन

ग्रिंगोयर ने जिप्सी लड़की का पीछा करने का फ़ैसला किया। "वह कहीं-न-कहीं तो रहती ही होगी। जिप्सी लोग दिल के अच्छे होते हैं।" उसने सोचा।

लड़की अपनी बकरी के साथ तेज़ चाल से चल रही थी। उसने पीछे मुड़कर ग्रिंगोयर को देखा और अपने होंठ बिचका दिए।

अचानक लड़की की चीखें सुनकर ग्रिंगोयर भागा हुआ उसके पास पहुंचा। दो आदमी उसका मुंह बंद करने की कोशिश कर रहे थे। भयभीत बकरी जोर से मिमिया रही थी।

उन आदमियों में से एक कासीमोडो था। उसने ग्रिंगोयर को इतनी जोर से मुक्का मारा कि वह कई गज दूर फुटपाथ पर जाकर गिरा। कासीमोडो लड़की को बगल में दबाकर उठा ले गया।

"हत्या ! हत्या !" अभागी लड़की चिल्लाई।

"रुको बदमाशो !" एक घुड़सवार की आवाज़ आई। वह बादशाह की फ़ौज का एक कप्तान था। उसने लड़की को छीनकर घोड़े पर बिठा लिया। इसी वक्त पंद्रह-सोलह सिपाहियों ने आकर कासीमोडो को रस्सी से बांध दिया।

जिप्सी लड़की कप्तान के कंधों पर हाथ रखकर बैठी थी और टकटकी लगाकर कप्तान के सुंदर चेहरे की ओर देख रही थी। फिर उसने अपनी मीठी आवाज़ में पूछा :

"आपका नाम क्या है, जनाब ?"

"कैप्टन फीबस।"

कैप्टन अपनी पूंछों पर ताव दे रहा था कि इज़्मेराल्दा घोड़े से उतरकर अंधेरे में गायब हो गई।

चार

जब ग्रिंगोयर को होश आया तो उसने देखा कि वह नाली में लेटा था।

उसने सोचा, "पेरिस की कीचड़ कितनी बदबूदार है।"

इतने में कुछ बच्चे किसी चीज़ को घसीटते हुए वहां आए और

चिल्लाने लगे, "यह लोहे के व्यापारी मोबों को गद्दा है। बूढ़ा अभी मरा है और हम इसमें आग लगाएंगे।"

बच्चों ने ग्रिंगोयर के ऊपर गद्दा डालकर आग लगा दी। अंधेरे में उनकी नजर ग्रिंगोयर पर नहीं पड़ी थी।

"या खुदा !" ग्रिंगोयर चिल्लाया और उठ खड़ा हुआ।

"यह प्रेत है।" यह कहकर बच्चे वहां से भाग गए।

अगले दिन पादरी उस गद्दे को उठाकर गिरजे में ले गए। कहा जाता था कि कुमारी मेरी की मूर्ति के प्रताप से मोबों का प्रेत इस गद्दे से निकाला गया।

पांच

ग्रिंगोयर ने देखा कि बिना टांगों का एक अपाहिज हाथों के बल सड़क पर रेंग रहा था। उसके शरीर का निचला हिस्सा लोहे के बर्तन में रखा था।

ग्रिंगोयर उसके पीछे-पीछे चलने लगा। वे शहर के ऐसे हिस्से में पहुंचे जहां अंधों, अपाहिजों और कोढ़ियों की भीड़ थी। सब आग तापने जा रहे थे। एक चौराहे में सैकड़ों बत्तियां जल रही थीं। ग्रिंगोयर ने सोचा कि उसे वापस लौट जाना चाहिए। इसी वक्त वह बिना टांगोंवाला अपाहिज अपनी दोनों टांगों पर भागता हुआ आया और उसने लोहे का बर्तन ग्रिंगोयर के सिर पर दे मारा।

"मैं कहां हूं?" ग्रिंगोयर ने भयभीत स्वर में पूछा।

"यह चमत्कारों का दरबार है।"

"यह तो सच है कि यहां लंगड़े चलते हैं और अंधे देखते हैं लेकिन यहां का पैग़ंबर कहां है?" ग्रिंगोयर ने पूछा। जवाब में उसे एक दुष्टतापूर्ण

हंसी सुनाई दी।

यह डाकुओं का इलाका था। पेरिस के माथे का कलंक था, जिसमें हर रात पाप और अपराध की धारा आकर मिलती थी। यहां खानाबदोश आवारा विद्यार्थियों, हर मुल्क और हर मज़हब के बदमाशों का गढ़ था, जो दिन के वक्त भीख मांगते थे और रात के वक्त डाका डालते थे। यहां डाके, वेश्यावृत्ति और हत्या के उस नाटक के लिए पोशाकें बदली जाती थीं, जो हमेशा से पेरिस की सड़कों पर होता आया है।

इसी वक्त भीड़ में से आवाज़ें आईं, "इसे बादशाह के पास ले चलो।"

लोग उसे घसीटकर अपने साथ ले गए। आग के आसपास मेज लगे थे, जिन पर शराबों और बीयरों से भरे मग रखे थे। वहां बड़ी-सी तोंदवाला एक शराबी एक मोटीं वेश्या को चूम रहा था। एक आदमी अपने बनावटी ज़ख़्म की पट्टियां उतार रहा था, दूसरा, मुंह में साबुन का टुकड़ा डालकर मिर्गी का दौरा डालने की कला सीख रहा था। चार-पांच औरतें एक बच्चे के लिए झगड़ रही थीं, जिसे आज शाम को चुराया गया था।

चारों तरफ से भद्दे कहकहों और अश्लील गीतों की आवाज़ें आ रही थीं।

आग के पास एक बड़ा-सा पीपा रखा था, उस पर एक भिखारी बैठा था। यही वहां के बादशाह का सिंहासन था।

ग्रिंगोयर ने देखा, यह क्लोपां त्रोलेफू था। वही भिखारी जो सुबह हाल में भीख मांग रहा था। उसकी बांह का ज़ख़्म गायब हो गया था और उसके हाथ में एक चाबुक थी।

"तुम्हें अपने हक में क्या कहना है?" भिखारी ने पूछा, "तुम तीन बादशाहों के सामने खड़े हो। यह है मिस्र और बोहिमिया का ड्यूक, और यह है गैलीली का सम्राट! तुम ज़बरदस्ती हमारे राज्य में घुस आए हो।

अगर तुम चोर, भिखारी या आवारा नहीं हो तो तुम्हें सज़ा मिलेगी।"

"अफसोस है कि मैं एक लेखक हूं..."

"बस, बस! तुम्हें फांसी दी जाएगी। हमारे राज्य में अगर कोई ईमानदार आदमी आ जाता है तो हम उसके साथ वही सलूक करते हैं, जो सलूक तुम्हारे राज्य में हम लोगों के साथ किया जाता है।"

ग्रिंगोयर ने कहा, "योर मैजेस्टीज़, बादशाहो और शाहंशाहो! मेरा नाम पियर ग्रिंगोयर है। मैं ही वह कवि हूं जिसका नाटक आज सुबह खेला गया था। आप मुझे अपने जैसा ही समझ सकते हैं। ईसप आवारा था, होमर भिखारी था, मर्करी चोर था..."

"तुम्हें हमारे राज्य का नागरिक बनना मंजूर है?"

"ज़रूर!"

"तुम अपनी आत्मा से भी सभ्य समाज से बहिष्कृत होने को तैयार हो?"

"तैयार हूं।"

"उस हालत में भी तुम्हें पेरिस के लोग कभी-न-कभी फांसी लगा ही देंगे।"

ग्रिंगोयर को एक तिपाई पर खड़े होने का हुक्म दिया गया।

" अगर तुम रस्सी से लटकते हुए फूंस के पुतले की जेब से बटुआ निकाल सको और एक भी घुंघरू न बजे तो हम तुम्हें छोड़ देंगे।"

ज्योंही ग्रिंगोयर ने पुतले को हाथ लगाया, पुतला तिपाई पर गिर पड़ा और हजारों घुंघरू बज उठे।

त्रोलेफू ने कहा, "इस बदमाश को फौरन फांसी दे दो।" फिर उसने ग्रिंगोयर का कंधा थपथपाया, "अलविदा दोस्त! अब तुम नहीं बच सकते, चाहे पोप ही क्यों न होते!"

अचानक त्रोलेफू को एक बात याद आई। "हमारे यहां रिवाज

है कि हम किसी आदमी को फांसी देने से पहले यह पूछते हैं कि कोई औरत उसे क़बूल करना चाहती है या नहीं।"

त्रोलेफू पीपे पर खड़ा होकर चिल्लाया, "आगे आओ महिलाओं, औरतों, मादाओं! क्या कोई इस अभागे बदमाश को चाहती है?"

तीन औरतें आगे बढ़ीं। पहली चपटे चेहरेवाली एक मोटी लड़की थी। उसने ग्रिंगोयर के चिथडेनुमा कपड़ों को हिकारत से देखा और पूछा, "जरा अपना कोट दिखाओ।"

"कोट खो गया है।" ग्रिंगोयर ने कहा।

"और तुम्हारे जूते?"

"जूतों के तले घिसे हुए हैं।"

"बटुआ!"

"अफ़सोस! बटुआ खाली है।"

"तो फिर जाओ, फांसी पर चढ़ जाओ।"

इसके बाद एक बदसूरत बुढ़िया आई। उसने ग्रिंगोयर को देखकर कहा, "यह तो दुबला मरियल आदमी है।" यह कहकर वह चली गई।

तीसरी लड़की ने ग्रिंगोयर की ओर दया-भरी दृष्टि डालकर कहा, "नहीं।"

"मेरे दोस्त, तुम बदकिस्मत हो।" त्रोलेफू ने कहा। इसी वक्त भीड़ में से आवाजें आईं, "ला इज़्मेराल्दा! ला इज़्मेराल्दा!"

उसे देखते ही लोगों के पाशविक चेहरों की कठोरता कम हो गई थी और वे उसे रास्ता देने के लिए अदब से पीछे हट गए थे।

वह अपनी बकरी को लेकर ग्रिंगोयर के पास आई।

"तुम इस आदमी को फांसी दे रहे हो?" लड़की ने त्रोलेफू से पूछा।

"हां, बहन, अगर तुम इसे अपना पति बना लो, तो यह बच सकता है।"

"मैं राजी हूं।"

ग्रिंगोयर के गले से रस्सा खोल दिया गया। मिस्र के ड्यूक ने मिट्टी का एक बर्तन ग्रिंगोयर के हाथ में देकर कहा, "इसे तोड़ दो।" बर्तन के चार टुकड़े हो गए।

"तुम दोनों चार बरस तक पति-पत्नी की तरह रहोगे।" मिस्र के ड्यूक ने कहा।

छः

कुछ देर बाद ग्रिंगोयर ने अपने को एक छोटे-से कमरे में उस ख़ूबसूरत लड़की के साथ अकेले पाया। उसे लगा जैसे वह किसी परियों की कहानी का नायक है। लड़की अपनी बकरी से बातें कर रही थी। उसने ग्रिंगोयर की तरफ बिल्कुल ध्यान नहीं दिया।

ग्रिंगोयर सोच रहा था, "अब मैं इसका पति हूं।" वह लड़की की तरफ बढ़ा। लड़की दूर भाग खड़ी हुई। क्रोध से उसके नथुने फड़क रहे थे।

"तुमने मुझे अपना पति क्यों चुना ?"

"क्या मैं तुम्हें फांसी लगने देती ?"

"मदमोजेल ला इज़्मेराल्दा, मैं कसम खाकर कहता हूं कि मैं तुम्हारी इजाज़त के बगैर कभी तुम्हारे नज़दीक नहीं आऊंगा। लेकिन मुझे कुछ खाने को तो दो।"

लड़की ने एक डबलरोटी, गोश्त का एक टुकड़ा, कुछ सेब और बीयर मेज पर रख दी। ग्रिंगोयर खाने पर टूट पड़ा। लड़की उसी तरफ देखती रही।

ग्रिंगायर ने पूछा, "तो तुम मुझे पति के रूप में नहीं चाहतीं ?"

"नहीं।"

"दोस्त के रूप में?"

"शायद।"

"तुम जानती हो, दोस्ती क्या होती है?"

"हां, दोस्ती का मतलब है, भाई-बहन की तरह रहना।"

"और मुहब्बत?"

"मुहब्बत स्वर्ग है।"

ग्रिंगोयर ने पूछा, "तुम्हें खुश करने के लिए आदमी क्या करे?"

"उसे मर्द होना चाहिए।"

"तुम्हारे खयाल में मैं क्या हूं?"

"मर्द के सिर पर लोहे का टोप होता है, हाथ में तलवार होती है।"

"अब समझा, घोड़ा पास हो तभी आदमी मर्द बनता है। क्या तुम किसी से मुहब्बत करती हो?"

वह गहरी सोच में पड़ गई, "मैं जल्द ही जान जाऊंगी। मैं सिर्फ़ उसी आदमी से मुहब्बत करूंगी, जो मेरी रक्षा कर सकेगा।"

"तुम्हारी बकरी बड़ी प्यारी है।"

"मैं उसे अपनी बहन की तरह समझती हूं।"

"तुम्हारा नाम ला इज़्मेराल्दा क्यों है?"

लड़की ने अपने नेकलेस से बंधी एक छोटी-सी थैली निकाली जिसमें से काफूर की तेज़ सुगंध आ रही थी। थैली पर हरे रेशम का खोल चढ़ा था, और बीचोबीच एक नकली पन्ना जड़ा था।

"शायद इस पन्ने की वजह से।"

ग्रिंगोयर ने थैली को छूना चाहा। लड़की ने कहा, "इसे मत छुओ। यह एक तावीज है। अगर तुमने इसे छुआ तो तुम इसे नुकसान पहुंचा सकते हो, या यह तुम्हें नुकसान पहुंचा सकता है।"

"ला इज़्मेराल्दा कौन-सी भाषा का शब्द है?"

"मेरे खयाल में यह जिप्सी शब्द है।"

"तुम फ़्रांस कब आई थीं?"

"जब मैं बच्ची थी। तुम्हारा क्या नाम है?"

"मेरा नाम ग्रिंगोयर है। मैं छह बरस की उम्र से ही अनाथ हो गया था। कभी कोई फलवाला या नानबाई मुझे खाने को दे देता था और रात मैं भूसे की गठरी पर सोकर गुज़ारता था।"

"सालह बरस का होने पर मैं सिपाही भर्ती हो गया, लेकिन मैं बहादुर नहीं था। मैं पादरी बना, लेकिन मुझमें सच्चरित्रता नहीं थी, इसके अलावा मैं शराब भी बहुत पीता हूं—फिर मैंने एक बढ़ई की शागिर्दी की, लेकिन मैं ताकतवर नहीं था—इसलिए मैं कवि बन गया। चोरी करने से तो कवि होना बेहतर है। खुशकिस्मती से एक दिन नोत्र दाम के पादरी क्लॉद फ्रोलो से मेरी मुलाकात हो गई। उन्हीं की मेहरबानी से मैंने लैटिन भाषा सीखी है। मैंने छह सौ सफे की एक किताब भी लिखी है और मैं तुम्हारी बकरी को कई किस्म के खेल और पेरिस के बिशप की नकल उतारना भी सिखा सकता हूं।"

लड़की ने पूछा, " 'फीबस' का क्या अर्थ होता है?"

"यह लेटिन भाषा का शब्द है, जिसका अर्थ है 'सूरज'। फीबस एक ख़ूबसूरत देवता था।"

तीसरा भाग

इन घटनाओं के सोलह बरस पहले सन् 1467 के एक इतवार की सुबह कोई नोत्र दाम के गिरजे की दीवार में बने हुए लकड़ी के आले में एक बच्चा रखा गया। ऐसे यतीम बच्चों को लोग गोद ले लेते थे। एक बुढ़िया ने उस बच्चे को देखकर कहा, "न जाने लोग आजकल कैसे बदसूरत बच्चे पैदा करते हैं।"

"यह बच्चा नहीं, राक्षस है।"

"यह कम-से-कम चार बरस का होगा।"

सचमुच उस बच्चे का सिर टेढ़ा-मेढ़ा था। वह काना था और अपने दांत किटकिटा रहा था।

एक नौजवान पादरी कुछ देर से ये बातें सुन रहा था, उसने आकर कहा :

"मैं इस बच्चे को गोद लेता हूं।"

जब पादरी बच्चे को लेकर चला गया तो एक बुढ़िया ने दूसरी बुढ़िया के कानों में कहा, "मैं कहती थी न कि क्लॉद फ्रोलो जादूगर है!"

दो

सचमुच क्लॉद फ्रोलो साधारण व्यक्ति नहीं था। वह अभी बच्चा ही था कि उसके माता-पिता ने उसे पादरी बनाने का फैसला कर लिया था। सबसे पहले उसे लेटिन भाषा सिखाई गई। सोलह वर्ष की उम्र में वह धर्मशास्त्र में बड़े-बड़े पादरियों का मुकाबला कर सकता था।

धार्मिक शिक्षा के बाद उसने चिकित्साशास्त्र और वनस्पतिशास्त्र का अध्ययन किया। वह अगर चाहता तो बाकायदा डॉक्टर या सर्जन बन सकता था। उसने लेटिन, ग्रीक और हिब्रू भाषाएं भी सीखीं। उसकी ज़िंदगी का एक ही मक़सद था—ज्ञान प्राप्त करना।

इसी वक्त फ्रांस में प्लेग फैली और अकेले पेरिस में ही चालीस हज़ार लोग मर चुके थे। क्लॉद फ्रोलो के मां-बाप भी मर गए थे। सिर्फ़ एक छोटा भाई ज़िंदा बचा था। वह भाई की देखरेख करने लगा। अभी तक उसने सिर्फ़ पुस्तकों से प्यार किया था। अब पहली बार उसे अहसास हुआ कि अध्यात्म और होमर की कविता से भी बड़ी चीज़ें संसार में होती हैं। उसे एहसास हुआ कि प्यार और कोमलता के बगैर ज़िंदगी नीरस होती है। उसने अपने नन्हे भाई जेहान पर अपना सारा प्यार उड़ेल दिया।

बीस बरस की उम्र में ही क्लाद फ्रोलो पादरी बन गया। उसकी विद्वत्ता की शोहरत लोगों में फैल गई और जैसा उस ज़माने में अक्सर हुआ करता था, लोग उसकी विद्या को जादू-टोना समझने लगे थे।

उसने अनाथ बच्चे का नाम कासीमोडो रखा और सोचा कि उसका यह पुण्य मुसीबत के वक्त उसका साथ देगा।

तीन

अब कासीमोडो बड़ा हो गया था और कई बरसों से नोत्र दाम के गिरजे की घंटियां बजाता आ रहा था। अपनी बदसूरती और अज्ञात कुल के कारण समाज के साथ उसका कोई संपर्क नहीं था। गिरजे की दीवारें ही उसकी दुनिया, उसका देश और उसका ब्रह्मांड थीं।

जब वह गिरजे की घंटियां बजाता तो उसके धर्मपिता को ऐसा महसूस होता जैसे उसका बच्चा बोलना सीख रहा हो। गिरजे की विशाल इमारत और कासीमोडो के चरित्र में एक विशेष प्रकार का सामंजस्य था। कासीमोडो अक्सर मीनारों की सीधी दीवारों पर छिपकली की तरह रेंगता हुआ, बंदर की तरह उछल-कूद मचाता हुआ और पहाड़ी बकरी की तरह फुदकता हुआ दिखाई देता था।

बड़ी मुश्किल से क्लॉद फ्रोलो ने कासीमोडो को बोलना सिखाया था, लेकिन घंटियों की आवाज़ से उसके कानों के पर्दे फट गए थे और वह बहरा हो गया था। इस प्रकार बाहरी दुनिया से संपर्क रखने का एकमात्र द्वार भी हमेशा के लिए बंद हो गया था। कासीमोडो की आत्मा में भयंकर अंधेरा छा गया था और वह गहरे अवसाद में डूब गया था। एक हद तक उसके बहरेपन ने उसे गूंगा भी बना दिया था, क्योंकि लोग कहीं उसका मज़ाक न उड़ाएं, इस डर से वह खामोश रहता था, सिर्फ़ एकांत में ही वह बोलता था। उसकी ज़बान में जैसे जंग लग गया था। उसके विचार वेनिस के तहखानों में सड़नेवाले उन कैदियों की तरह हो गए थे, जिनकी कमर झुक जाती है। उसके मन में निष्प्रयोजन, मूर्खतापूर्ण बातें उठती थीं—बाहर की दुनिया उसे दूर मालूम होती थी, वह दुष्ट हो गया था। वह दुष्ट इसलिए था क्योंकि वह बर्बर था। बर्बर इसलिए था, क्योंकि वह बदसूरत था। जबसे उसका मानवजाति से संपर्क हुआ था, उसे मज़ाक और अपमान

सहना पड़ा था। इंसान की आवाज़ उसके लिए गाली थी, या मज़ाक थी इसलिए उसने भी घृणा को अपना हथियार बना लिया था।

गिरजे की मूर्तियां कम-से-कम उसका मज़ाक तो नहीं उड़ाती थीं। इन्हें वह अपना दोस्त समझता था, राक्षसों की मूर्तियों से भी उसे डर नहीं लगता था, क्योंकि उन मूर्तियों की शक्लें उसकी अपनी शक्ल से मिलती-जुलती थीं। वह घंटों तक उन मूर्तियों के सामने बैठकर उनसे बातें किया करता था।

सबसे ज़्यादा वह गिरजे की घंटियों से प्यार करता था। वे उसकी सोई आत्मा को जगाती थीं। वह उन्हें प्यार से सहलाता था, उनसे बातें करता था। उनकी आवाज़ें अभी भी उसे सुनाई देती थीं।

किसी त्यौहार के मौके पर जब वह हर्षोन्मत्त होकर घंटियां बजाता था, तो सारा गिरजा हिल उठता था। वह एक साथ कई घंटियां बजा सकता था और गिरजे के कई हिस्सों में एक साथ दिखाई देता था। वह गिरजे की आत्मा था।

चार

दुनिया में सिर्फ़ एक ऐसा आदमी था, जिसे कासीमोडो गिरजे से भी ज़्यादा चाहता था। वह था पादरी क्लॉद फ्रोलो, जिसने उसे पाल-पोसकर बड़ा किया था, पढ़ना-लिखना सिखाया था। बचपन में जब कुत्ते या दूसरे बच्चे उसका पीछा करते थे, तो वह क्लॉद फ्रोलो की टांगों में शरण लेता था।

उसके मन में पादरी के लिए अपार कृतज्ञता थी। वह पादरी का गुलाम और रक्षक था। पादरी के एक इशारे पर वह नोत्र दाम की सबसे

ऊंची मीनार से कूदकर अपनी जान दे सकता था। वह पादरी को इतना ज़्यादा चाहता था, जितना कि कोई कुत्ता, घोड़ा या हाथी भी अपने मालिक को नहीं चाहता होगा।

पांच

1482 में कासीमोडो बीस बरस का हो गया था और पादरी छत्तीस बरस का था। अब वह जोसाज का आर्चडेकन बन गया था। उसके मातहत दो डीन और एक सौ चौहत्तर छोटे पादरी थे।

समय के साथ-साथ पादरी के मन में कटुता पैदा हो गई थी, क्योंकि उसका भाई जेहान उस पौधे की तरह था, जो माली की इच्छाओं के विरुद्ध, विपरीत दिशा में बढ़ रहा हो। जेहान दिन-प्रतिदिन आलसी, मूर्ख और दुराचारी बनता जा रहा था, लेकिन उसकी चुस्ती और हाज़िरजवाबी को देखकर पादरी मुस्करा देता था। उसने जेहान को पादरियों के कॉलेज में दाखिल करवाया था, लेकिन जेहान की करतूतों से वह कॉलेज बदनाम हो गया था। कभी वह किसी नए विद्यार्थी की पिटाई करता, कभी विद्यार्थियों को उकसाकर किसी शराबखाने पर धावा बोल देता। वह वेश्याओं के मुहल्ले में भी जाया करता था। पादरी के उपदेशों का उस पर कोई असर नहीं होता था।

विद्वत्ता के साथ-साथ पादरी की संकीर्णता भी बढ़ती गई। उसके दिल की उदासी और ज़्यादा गहरी हो गई। अब उसने रसायनविद्या में दिलचस्पी लेनी शुरू कर दी और एक मीनार के ऊपर बने छोटे-से कमरे में रससिद्धि के लिए परीक्षण करने लगा। उस कमरे में कोई भी उसकी इजाज़त के बगैर नहीं आ सकता था, यहां तक कि बिशप भी नहीं।

आस-पड़ोस के लोगों को उस कमरे में से लाल रोशनी दिखाई देती थी। ज़रूर वहां एक धौंकनी थी।

सब लोग उसे जादूगर समझने लगे थे। उसका सिर गंजा क्यों था, वह हर वक्त ठंडी आहें क्यों भरता था? उसके बचे-खुचे बाल क्यों सफेद हो गए थे? उसकी आंखें अंगारों की तरह क्यों दहकती थीं? भजनमंडली के कई लड़के उसे गिरजे में अकेला देखकर डर के मारे भाग गए थे। उसकी धोबिन का कहना था कि पादरी के चोगे पर पंजों और मुट्ठियों के निशान पाए गए थे। वह औरतों से अब पहले से भी ज़्यादा नफरत करने लगा था। किसी औरत की रेशमी पोशाक की सरसराहट को सुनते ही वह अपनी टोपी आंखों पर सरका लेता था।

कुछ दिनों से उसे जिप्सी औरतों से विशेष रूप से नफ़रत हो गई थी। उसने बिशप से कहा था कि गिरजे के सामने के चौक में जिप्सियों के नाच-गाने पर पाबंदी लगा दी जाए। साथ ही वह उन जादूगरों और जादूगरनियों के दृष्टांतों का संग्रह करने में तल्लीन था, जिन्हें बकरियों और सुअरों की मदद से जादू-टोना करने के अपराध में जिंदा जला दिया गया था।

जब कासीमोडो और पादरी एकसाथ सड़क पर निकलते तो उन पर चारों ओर से गालियों की बौछारें पड़ती थीं। कभी कोई शरारती छोकरा कासीमोडो के कूबड़ में पिन चुभो देता और कभी कोई ख़ूबसूरत लड़की पादरी के चोगे से रगड़ खाती हुई निकल जाती।

लेकिन कासीमोडो के कानों तक लोगों की आवाज़ें नहीं पहुंचती थीं और पादरी अपने विचारों में इतना खोया रहता था कि उसे किसी की बात पर ध्यान देने की फुर्सत ही नहीं थी।

चौथा भाग

पेरिस का उप न्यायाध्यक्ष मास्टर फ्लोरियन कासीमोडो के विरुद्ध लगाए गए आरोपों की सूची पढ़ रहा था। वह मुजरिम का नाम, पेशा, और जुर्म पहले से ही याद कर लेता था ताकि किसी को उसके बहरेपन पर शक न हो। उसकी असंगत टिप्पणियों का अर्थ कुछ लोग उसकी प्रकांड विद्वत्ता समझते थे। वह अपने-आपको भी यह धोखा देने में सफल हो गया था कि वह बहरा नहीं है, उसे सिर्फ़ कम सुनाई देता है। उसने कासीमोडो से पूछा :

"तुम्हारा नाम ?"

कासीमोडो खामोश रहा। न्यायाधीश को नहीं मालूम था कि कासीमोडो बहरा है। इसलिए उसने पूछा :

"तुम्हारी उम्र ? तुम्हारा पेशा ?"

दर्शक एक-दूसरे की ओर देखकर फुसफुसाने लगे। "तुमने एक बदचलन औरत पर हमला किया था और शहर की शांति भंग की थी।" फिर उसने अदालत के क्लर्क से पूछा, "क्या तुमने मुजरिम का बयान लिखा है ?"

इस पर सब लोग हंस पड़े। न्यायाधीश ने गुस्से से कासीमाडो को डांटा :

"बदमाश! जानते हो तुम किसके सामने जवाब दे रहे हो? तुम्हें फांसी मिलनी चाहिए!" इस पर सार्जेंट तक हंस पड़े।

इसी वक्त दरवाजा खुला और मुख्य न्यायाधीश अदालत में दाखिल हुए। मास्टर फ्लोरियन ने कहा, "देखिए जनाब! मुजरिम ने अदालत की तौहीन की है।"

मुख्य न्यायाधीश ने कठोर स्वर में पूछा, "तुम्हें यहां किसलिए लाया गया है, बदमाश?"

कासीमोडो ने यह सोचकर कि उसका नाम पूछा जा रहा है, जवाब दिया, "कासीमोडो।"

दर्शक हंस पड़े।

"तुम इतने गुस्ताख हो कि मेरा मज़ाक उड़ा रहे हो?"

"मैं नोत्र दाम की घंटियां बजाने का काम करता हूं।"

"सार्जेंटो! इस बदमाश को कोड़े लगाए जाएं।"

दो

प्लेस द' ग्रीव में रोलां मीनार नाम की एक इमारत है, जिसमें एक छोटी-सी कोठरी है, जो तीन सौ साल से मशहूर है। मदाम रोला नाम की महिला ने अपने पिता की मृत्यु के बाद मातम मनाने के लिए अपने मकान की दीवार में यह कोठरी बनवाई थी। वह सर्दी-गर्मी इसी कोठरी में रहती थी और उसने अपनी बाकी सारी जायदाद गरीबों में बांट दी थी। बीस साल तक इसी कोठरी में वह अपने पिता की आत्मा की शांति के लिए प्रार्थना करती रही थी। वह काले टाट की पोशाक पहनती थी और राख की ढेरी पर सोती थी। सड़क पर आने-जानेवाले लोग दया से द्रवित

होकर उसके लिए खिड़की पर रोटी और पानी रख जाते थे। उसी से वह अपना गुजारा करती थी।

उसने वसीयत की थी कि उसके मरने के बाद वह कोठरी उन शोक-पीड़ित स्त्रियों को रहने के लिए दी जाए जो मातम मनाने या प्रायश्चित करने के लिए अपने को आजीवन उस कोठरी में दफ़नाना चाहती हों।

तीन

दो संभ्रांत महिलाएं इस कोठरी की तरफ जा रही थीं। एक ने कहा, “मुझे डफ की आवाज़ सुनाई दे रही है। ज़रूर इज़्मेराल्दा अपनी बकरी के साथ नाच रही है। आज तुम उस जिप्सी लड़की को ज़रूर देखना।”

“जिप्सी लड़की!” दूसरी महिला ने कहा, “ख़ुदा मुझे बचाए! वह मेरा बच्चा छीन लेगी।”

“जिप्सियों के बारे में सिस्टर गुदूल के भी यही विचार हैं।”

“सिस्टर गुदूल कौन है? वही औरत ने जिसके लिए हम यह केक लेकर जा रहे हैं?”

“हां, रोलां मीनार की कोठरी में जो संन्यासिनी रहती है।”

“तुम मुझे उसकी कहानी सुनाओ।”

“लो, सुनो। पाकेत ला चांतेफ्लोरी अठारह बरस की ख़ूबसूरत लड़की थी। उसका खानदान अच्छा था। उसकी मां बड़ी नेक औरत थी। उसने बेटी को कशीदाकारी के सिवा और कुछ नहीं सिखाया था। बेचारी लड़की! उसके दांत बड़े ख़ूबसूरत थे और वह हर वक्त हंसती रहती थी। एक कहावत है कि जो लड़की ज़्यादा हंसना पसंद करती है, समझ लो कि वह आगे जाकर रोएगी।

"1461 के एक जाड़े में मां-बेटी के पास कमरा गर्म करने के लिए ईंधन तक न रहा। पाकेत का रंग सर्दी से लाल हो गया। मर्द अब उसमें पहले से भी ज़्यादा दिलचस्पी लेने लगे थे, जिससे वह तबाह हो गई।

"1466 में पाकेत को एक लड़की पैदा हुई। पाकेत की मां मर चुकी थी और सड़कों पर सब लोग उसकी तरफ उंगलियां उठाते थे। वह दुनिया में बिल्कुल अकेली थी। ख़ुदा को तरस आया और उसने पाकेत को एक नन्हीं बच्ची बख्शी।

"पाकेत की खुशी का कोई ठिकाना नहीं था। उसने अपने कंबल में से बच्ची के लिए कपड़े बनाए। अब उसे सर्दी नहीं लगती थी। उसके पास आनेवाले मुर्दों की तादाद बढ़ गई और उसने पाप की कमाई से अपनी बेटी के लिए कपड़े, कंबल और साटन की टोपियां खरीदीं। नन्ही एग्नेस के पास—बच्ची का यही नाम था—फीतोंवाली और कढ़ाई की हुई इतनी चीज़ें थीं, जितनी कि किसी शाहज़ादी के पास भी न थीं, बादशाह लुई के पास भी इतनी बढ़िया पोशाकें नहीं थीं। पाकेत ने वे पोशाकें खुद तैयार की थीं। जब तुम्हारे बच्चे होंगे तो तुम जान जाओगी कि बच्चे के नन्हे हाथों और पैरों से ज़्यादा ख़ूबसूरत चीज़ दुनिया में कोई नहीं होती।

"पाकेत की बेटी के पैर बड़े ख़ूबसूरत थे। वह हर वक्त अपनी बेटी के पैरों को चूमती रहती थी और उसे नन्हे-नन्हे जूते पहनाती रहती थी।

"एक दिन शहर में कुछ जिप्सी आए। वे सांवले रंग के थे; उनके बाल घुंघराले थे और कानों में चांदी की बालियां थीं। वे पोलैंड के रास्ते से सीधे मिस्र से आए थे। सुना जाता था कि पोप ने उन्हें किसी कसूर में सात बरस तक भटकने का श्राप दिया था।

"शहर के सब लोग उन्हें देखने गए। वे हाथ देखकर गज़ब की बातें बताते थे। ये अफवाहें भी फैलीं कि वे बच्चों को चुरा ले जाते हैं और

इंसान का गोश्त खाते हैं। बेचारी पाकेत भी यह जानने के लिए उत्सुक थी कि उसकी बेटी कभी आर्मीनिया की मलिका या ऐसी ही कोई बड़ी चीज़ बनेगी या नहीं। वह एग्नेस को जिप्सियों के पास ले गई। उन्होंने बच्ची को चूमा और बच्ची के नन्हे पैरों और जूतों की बड़ी तारीफ की। एग्नेस डर के मारे रोने लगी। जिप्सियों ने बताया कि बड़ी होकर वह एक ख़ूबसूरत और नेक मलिका बनेगी।

"अगले दिन जब नन्ही एग्नेस सो रही थी तो पाकेत पड़ोसियों को यह खुशखबरी सुनाने गई। जब वह लौटकर आई तो उसने देखा कि उसकी बच्ची वहां नहीं थी—बिस्तर पर सिर्फ़ बच्ची का एक नन्हा जूता पड़ा था।

" 'मेरी बच्ची कहां है? मेरी बच्ची कहां है?' चिल्लाती हुई पाकेत दिनभर शहर की सड़कों पर घूमती रही। उसके बाल बिखरे हुए थे और शक्ल खौफनाक हो गई थी। 'मेरी बेटी! मेरी नन्ही ख़ूबसूरत बच्ची! जो मुझे मेरी बेटी लौटा देगा, मैं ज़िंदगी-भर उसकी गुलामी करूंगी, उसके कुत्ते की गुलामी करूंगी—वह अगर चाहे तो मेरा कलेजा खा ले।'

"उसकी एक पड़ोसिन ने उसकी गैरमौजूदगी में दो जिप्सी औरतों को हाथ में एक बंडल लेकर उसके कमरे में घुसते देखा था। यह सुनकर वह जोर से हंस पड़ी और भागी-भागी भीतर गई। फर्श पर एक बदसूरत, लंगड़ा, काना, राक्षस-सा बच्चा घुटनों के बल रेंग रहा था। 'ओह! जादूगरनियों ने मेरी बच्ची को इस भयंकर जानवर में बदल दिया है।' वह चिल्लाई। बच्चे की उम्र चार बरस के करीब थी। पड़ोसिनें उसे उठाकर फौरन पाकेत की नज़रों से दूर ले गईं, वरना उसे देखकर वह पागल हो जाती।

"पाकेत नन्हे जूते को उठाकर आवेश से चूमने लगी। मां अपने बच्चे को अपनी जान से भी ज़्यादा चाहती है।

"कुछ देर बाद पाकेत यह चिल्लाती हुई सड़क पर भाग गई, 'जिप्सियों के खेमे की ओर चलो। जादूगरनियों को जलाने के लिए

सार्जेण्टों को भेजो!' लेकिन जिप्सी वहां से जा चुके थे। अगले दिन शहर से कुछ मील दूर राख का एक ढेर, पाकेत की बच्ची के कुछ फीते, खून की कुछ बूंदें और बकरी की मेंगनीं पाई गईं। ज़ाहिर था कि जिप्सियों ने एग्नेस को खा लिया था। एक ही रात में पाकेत के बाल सफेद हो गए और वह शहर से गायब हो गई।"

"कैसी खौफनाक कहानी है। उसके बाद पाकेत की कोई खबर मिली?"

"सुना था कि उसका सोने का क्रॉस एक पत्थर के क्रॉस से लटका हुआ मिला। यह क्रॉस उसे अपने पहले प्रेमी वाईकोंत कोर्मोंत्रूल से तोहफे के रूप में मिला था। कुछ लोगों ने पाकेत को नंगे पैर पेरिस की तरफ जाते देखा था।"

"और उस नन्हे जूते का क्या हुआ?"

"वह भी पाकेत के साथ गायब हो गया।"

"और वह राक्षसनुमा बच्चा?"

"आचार्य बिशप ने उसे नोत्र दाम के गिरजे में भिजवा दिया था।"

जब वे महिलाएं रोलां मीनार के नज़दीक पहुंचीं तो एक ने अपनी साथिनों से कहा, "हमें एकसाथ कोठरी में नहीं झांकना चाहिए, वरना संन्यासिन डर जाएगी।"

कोठरी के एक कोने में एक औरत पथरीले फर्श पर बैठी थी, उसकी कमर झुकी हुई थी और वह ब्राउन रंग के टाट की पोशाक पहने थी। वह प्रसिद्ध कलाकार गोया के किसी चित्र की आकृति मालूम होती थी। जनवरी की सर्दी में भी उसकी कोठरी में आग नहीं थी। कोठरी में सिर्फ़ हवा के झोंके आते थे, धूप अंदर दाखिल नहीं हो सकती थी। लेकिन लगता था कि उस औरत को सर्दी महसूस नहीं हो रही थी। वह पत्थर की मूर्ति की तरह चुपचाप बैठी थी। रह-रहकर उसके नीले ओंठ

कांप उठते थे। उसकी नीरस आंखों में असीम अवसाद छाया था।

"यह प्रार्थना कर रही है। हमें विघ्न नहीं डालना चाहिए।"

संन्यासिन गुलाबी साटन के एक नन्हे-से जूते की तरफ टकटकी लगाकर देख रही थी, जिस पर सुनहरी और रुपहली तारों से कशीदाकारी की गई थी।

"सिस्टर गुदूल! सिस्टर गुदूल!"

औरत खामोश बैठी रही।

"कैसी अजीब औरत है! अगर तोप दागी जाए तो भी यह नहीं चौंकेगी।"

"हो सकता है, यह बहरी हो गई हो।"

"हो सकता है, यह अंधी हो गई हो।"

"हो सकता है, यह मर चुकी हो।"

इसी वक्त एक महिला का नन्हा बेटा युस्ताव चिल्लाया, "मां, मुझे भी देखने दो।"

बच्चे की आवाज़ सुनकर संन्यासिन चौंक उठी। वह आंखें फाड़-फाड़कर बच्चे की ओर देखने लगी, फिर घुटनों में सिर छिपाकर वह चिल्लाई, "कम-से-कम दूसरी माताओं के बच्चों को तो मेरी नजरों से दूर रखा करो।"

बच्चे ने गंभीरता से कहा, "हलो मदाम!"

संन्यासिन का सारा शरीर कांप उठा। वह बोली, "बड़ी सर्दी है।"

"यह लो मसालेदार शराब! इसे पीकर तुम्हारे शरीर में गर्मी आ जाएगी।" एक महिला ने कहा।

"पानी।" संन्यासिन बोली।

"नहीं, सिस्टर गुदूल, जनवरी के महीने में पानी मत पियो। हम तुम्हारे लिए एक केक लाए हैं। उसे खाकर शराब पी लो।"

संन्यासिन ने केक पीछे सरका दिया और कहा, "काली रोटी।"

"यह लो गर्म लबादा।"

संन्यासिन बोली, "टाट!"

कुछ देर रुककर उसने कहा, "जब भी कोई त्यौहार आता है तो लोग मुझे भूल जाते हैं। जब मैं दुनिया के बारे में नहीं सोचती, तो दुनिया क्यों मेरे बारे में सोचे?"

"तुम्हें आग की ज़रूरत है?"

"आग?" संन्यासिन ने विचित्र ढंग से कहा, "क्या तुम उस नन्ही लड़की को गर्मी पहुंचा सकती हो जो पंद्रह बरस से ठंडी जमीन के नीचे है?" फिर वह जोर-से कांप उठी और उसने अपने पीले-दुबले हाथ से बच्चे की तरफ इशारा किया, "इस बच्चे को यहां से ले जाओ। वह जिप्सी लड़की यहां आनेवाली है।" वह चिल्लाई।

फिर उसने जोर से पथरीले फर्श पर अपना माथा पटका। महिलाओं ने समझा कि वह मर चुकी है, लेकिन अगले क्षण वह सरककर उस कोने में पहुंच गई, जहां नन्हा जूता रखा था। उसकी तरफ देखने का महिलाओं में साहस न था। वह फिर नन्हे जूते को चूम रही थी। उसकी सिसकियां और करुण क्रंदन सुनाई दे रहा था और वह दीवार पर सिर पटक रही थी। इसके बाद कोठरी में खामोशी छा गई। इसी वक्त औरत की नज़र चौराहे के दृश्य की ओर गई। "मिस्र की बेटी! तू फिर यहां आ गई! बच्चों को चुरानेवाली। तुम्हारा सत्यानाश हो!" वह चिल्ला रही थी।

पांचवां भाग

कठघरे के आसपास लोगों की भीड़ जमा थी। सब बेचैनी से सज़ा शुरू होने का इंतज़ार कर रहे थे। कासीमोडो का चेहरा सब दर्शकों को दिखाई दे रहा था। उसके हाथ पीठ से बंधे हुए थे। वह हिलडुल तक नहीं सकता था। रस्सियां उसके गोश्त में चुभ रही थीं, वह कसाई के छकड़े में बैठे जानवर की तरह था।

"बेवकूफ! जड़मति! इसे यह भी नहीं पता कि इसके साथ क्या होनेवाला है!" जेहान फ्रोलो ने अपने एक विद्यार्थी दोस्त से कहा।

कासीमोडो के कूबड़, उभरे हुए सीने और बालों से भरे कंधों को देखकर भीड़ को हंसी आ गई।

जेहान फ्रोलो अपने दोस्त के कंधों पर खड़ा होकर चिल्लाया, "भद्रपुरुषों और महिलाओं! आकर देखो, मास्टर कासीमोडो को अभी कोड़े मारे जाएंगे। कासीमोडो स्थापत्यकला का आश्चर्यजनक नमूना है, उसकी पीठ गुंबद की तरह और टांगें स्तंभ जैसी हैं।" भीड़ खिलखिलाकर हंस पड़ी।

पीठ पर 'सड़ाक' से कोड़ा पड़ते ही कासीमोडो चौंक उठा, जैसे गहरी नींद से जागा हो। उसने अपनी रस्सियों को तोड़ने की कोशिश की, लेकिन वे मजबूत थीं। उसने आंख मूंद ली और सिर नीचे झुका लिया।

उसकी पीठ पर कोड़े पड़ने लगे। खून की धार बह निकली, लेकिन वह हिला-डुला तक नहीं।

इसके बाद जल्लाद के दो सहकारियों ने उसके कंधों को पानी से धोकर मरहम लगाई, और उस पर पीले रंग का कपड़ा डाल दिया। उधर जल्लाद कोड़े पर लगा ख़ून साफ कर रहा था।

अभी कासीमोडो को एक घंटे तक कठघरे में रहना था। यह मास्टर फ्लोरियन का हुक्म था।

जैसाकि हम पहले कह चुके हैं, सब लोग कासीमोडो से नफ़रत करते थे; कोई दर्शक ऐसा नहीं था, जिसे उससे कोई-न-कोई शिकायत न हो। हंसी ने उनकी नफ़रत को और ज़्यादा पैना बना दिया था।

'सार्वजनिक बदले' के बाद गाली-गलौज का दौर शुरू हुआ। औरतें इसमें आगे बढ़कर हिस्सा ले रही थीं।

"जरा इसका ख़ूबसूरत चेहरा तो देखो।"

"अच्छा हो अगर हम इसे फांसी के तख्ते पर झूलता देखें।"

"किसी औरत को गर्भपात करवाना हो तो दवाई लेने के बजाय इसका चेहरा देखना ही काफ़ी है।"

कासीमोडो बहरा था, लेकिन लोगों के चेहरे उनकी नफ़रत को व्यक्त कर रहे थे।

इसी वक़्त चौराहे पर एक पादरी दिखाई दिया, जो एक खच्चर पर सवार होकर आ रहा था। उसे देखते ही कासीमोडो के चेहरे पर कोमलता और चमक आ गई। उसे लगा जैसे उसका मुक्तिदाता आ रहा हो। पादरी ने अपनी आंखें नीचे झुका लीं और खच्चर को एड़ लगाई। मालूम होता था कि वह कासीमोडो की आंखों से झलकते याचनाभाव का सामना नहीं करना चाहता था। वह पादरी दोम क्लॉद फ्रोलो था।

कासीमोडो के चेहरे पर फिर विषाद की काली घटा छा गई।

अचानक वह क्रुद्ध आवाज़ में चिल्लाया, "पानी !"

लोग उसका मज़ाक उड़ाने लगे। उसका चेहरा पसीने से तर था; गुस्से से उसके मुंह से झाग निकल रहा था।

वह फिर चिल्लाया, "पानी !" एक विद्यार्थी ने नाली में से निकाला एक स्पंज उसकी तरफ फेंका, "लो पियो।"

एक औरत ने उसके सिर पर पत्थर फेंका, "अब तुम रात को घंटियां बजाकर हमारी नींद हराम नहीं किया करोगे।"

एक लंगड़े ने उसे मारने के लिए अपनी बैसाखी उठाई, "अब तुम नोत्र दाम के मीनारों पर चढ़कर जादू-टोना किया करोगे?" एक आदमी ने टूटी सुराही का टुकड़ा उसके सीने पर फेंका, "लो, इसमें से पानी पियो। मेरी बीवी ने दो सिरवाले बच्चे को जन्म दिया था, क्योंकि तुम उसके सामने से गुज़रे थे।"

इसी वक़्त एक लड़की भीड़ में से निकलकर सामने आई। उसके साथ एक सफ़ेद बकरी थी।

यह वही जिप्सी लड़की थी जिसका अपहरण करने की कासीमोडो ने कोशिश की थी। ज़रूर वह भी औरों की तरह उससे बदला लेने के लिए आ रही थी।

वह कठघरे की सीढ़ियों पर चढ़ रही थी। अगर कासीमोडो की आंख में जलाने की ताकत होती, तो लड़की जल जाती। लेकिन लड़की ने अपनी पेटी में से पानी-भरी तूंबी निकाली और उसके सूखे ओंठों से लगाई। अभी तक कासीमोडो की आंख आग बरसा रही थी, लेकिन अब एक आंसू निकलकर उसके बदसूरत चेहरे पर ढुलक पड़ा। शायद उस बदकिस्मत आदमी ने ज़िंदगी में पहली बार आंसू बहाया था।

अपनी प्यास बुझाने के बाद उसने उस कृपालु लड़की का हाथ चूमना चाहा, लेकिन लड़की को परसों रातवाली बात याद थी। वह उस

बच्चे की तरह भयभीत थी, जो किसी जानवर से डरता है। कासीमोडो की आंखों में उदासी छा गई।

इस मर्मस्पर्शी और अलौकिक दृश्य को देखकर लोगों के दिल पिघल गए और वे तालियां बजाने लगे।

रोलां मीनार की संन्यासिन ने इसी वक्त जिप्सी लड़की को देखा था और वह चिल्लाई थी, "मिस्र की बेटी! तुम्हारा सत्यानाश हो! किसी दिन तुम्हें भी वहां चढ़ाया जाएगा।"

कासीमोडो की रस्सियां खोल दी गईं। भीड़ तितर-बितर हो गई।

छठा भाग

इस घटना को बीते कई हफ्ते गुज़र गए थे। मार्च का महीना था। नोत्र दाम के सामने के एक शानदार मकान की बालकनी में बहुत-सी ख़ूबसूरत और नौजवान लड़कियां हंस रही थीं और आपस में बातें कर रही थीं। उनकी रेशम और मख़मल की पोशाकों से स्पष्ट था कि वे अमीर घरानों की लड़कियां थीं। वे श्रीमान बोजो और उसकी पत्नी के आगमन के उपलक्ष्य में मदाम गोंदेलॉरियर के यहां जमा हुई थीं। मदाम लाल मख़मल से मढ़ी एक आरामकुर्सी पर बैठी थीं। उनके पीछे एक ख़ूबसूरत नौजवान खड़ा था, जो उस किस्म के आदमियों में से था, जिन्हें औरतें पसंद करती हैं, लेकिन मर्द जिन्हें देखकर कंधे सिकोड़ लेते हैं। वह शाही फ़ौज की भड़कीली वर्दी में था। यह कैप्टन फ़ीबस था। लड़कियां उसे देखकर दबे स्वर में खिलखिला रही थीं, लेकिन किसी की तरफ़ ध्यान नहीं दे रहा था। मदाम की बेटी फ़्लियुर द' लिस जिस ढंग से नौजवान कैप्टन से बातचीत कर रही थी, उससे यह अंदाज़ लगाना मुश्किल नहीं था कि उन दोनों की शादी होनेवाली थी और कम-से-कम कैप्टन के दिल में मुहब्बत नाम की कोई चीज़ नहीं थी। उसके चेहरे से ऊब झलक रही थी।

सब मांओं की तरह मदाम गोंदेलॉरियर का खयाल था कि उनकी बेटी संसार की सबसे सुंदर और गुणवती लड़की है। वे कैप्टन से बोली,

"अपनी मंगेतर से ज़्यादा ख़ूबसूरत चेहरा, बाल और हाथ तुमने पहले कहीं देखें हैं? तुम कितने खुशकिस्मत हो। उससे बात क्यों नहीं करते?"

कैप्टन ने अपनी मंगेतर से बातचीत करने की कोशिश की :

"तुम कशीदे में कौन-सा चित्र बना रही हो?"

"नेपच्यून की कन्या।"

इसी वक्त बाल्कनी से एक बच्ची चिल्लाई, "देखो, चौराहे पर एक ख़ूबसूरत लड़की नाच रही है।"

"शायद यह कोई जिप्सी है!" फ्लियुर द' लिस ने कहा।

"चलो देखें! चलो देखें!" लड़कियां चिल्लाईं। कैप्टन कमरे में ही रह गया था। ज्यों-ज्यों उसकी शादी की तारीख नज़दीक आती जा रही थी, कैप्टन की अरुचि बढ़ती जा रही थी। दरअसल औरतों के मामले में उसकी रुचि बहुत भौंडी थी। अच्छे खानदान का पढ़ा-लिखा आदमी होते हुए भी उसमें परिष्कृति नहीं थी, इसलिए अपनी मंगेतर के सामने वह सकपका जाता था। इसकी एक वजह यह भी थी कि वह इतनी जगह प्यार लुटा चुका था कि अपनी मंगेतर के लिए उसके दिल में कोई प्यार नहीं बचा था। शरीफ घराने की महिलाओं के बीच आकर उसे डर लगता था कि उसके मुंह से कोई अश्लील बात न निकल जाए।

अचानक उसकी मंगेतर ने आकर कहा, "तुमने एक बार मुझे बताया था न कि दो महीने पहले एक रात को तुमने किसी जिप्सी लड़की को डाकुओं के पंजे से छुड़ाया था? शायद यह वही लड़की हो। आकर देखो तो सही।"

फीबस ने कहा, "हां, मैं उसकी बकरी को देखकर उसे पहचान गया हूं।"

अचानक एक लड़की ने नोत्र दाम की ओर इशारा किया, "वह आदमी कौन है?"

गिल्ले के एक मीनार पर एक पादरी खड़ा था।

"ज़रा देखो तो सही, वह नाचनेवाली को किस तरह घूर रहा है।"

"उस लड़की को बचकर रहना चाहिए। पादरी जिप्सियों को पसंद नहीं करता। फीबस! तुम इस लड़की को यहां क्यों नहीं बुलाते? बड़ा मज़ा रहेगा।" फ्लियुर द' लिस ने कहा।

"ज़रूर, ज़रूर!" लड़कियां खुशी से ताली पीटने लगीं।

फीबस ने जवाब दिया, "शायद वह मुझे भूल गई होगी। मुझे उसका नाम तक नहीं आता। लेकिन मैं कोशिश करके देखता हूं।" उसने जोर से पुकारा, "मदमोजेल!" और हाथों से उसे उधर आने का इशारा किया।

फीबस को देखते ही लड़की का चेहरा लाल हो उठा। फिर वह लड़खड़ाते कदमों से उस मकान की तरफ चल पड़ी जहां से फीबस ने उसे बुलाया था।

जिप्सी लड़की के भीतर आते ही कमरा प्रकाशमान हो उठा। हर लड़की को लगा जैसे उसकी ख़ूबसूरती पर हमला किया गया हो। उन्होंने एक साथ मिलकर सामान्य दुश्मन का मुकाबला करने का मन-ही-मन फैसला किया। उनकी नज़रें जिप्सी लड़की का एड़ी से चोटी तक निरीक्षण करने लगीं।

फीबस ने रौब जमाने के लिए कहा, "उस रात को तो तुम फौरन भाग गई थीं। क्या तुम्हें मुझसे डर लगता है?"

"नहीं तो।"

"यह काना, कुबड़ा राक्षस क्या तुम्हारा पीछा कर रहा था?"

"मैं नहीं जानती।"

अचानक कैप्टन के मुंह से निकल पड़ा, "ख़ुदा की कसम, बड़ी ख़ूबसूरत लड़की है।"

"लेकिन इसे कपड़े पहनने की तमीज़ नहीं है।" एक लड़की ने कहा। इसके बाद हर लड़की इज़्मेराल्दा की शक्ल में नुक्स निकालने लगी। वे

प्राचीन रोम की उन महिलाओं की तरह थीं, जिन्हें किसी ख़ूबसूरत गुलाम लड़की के सीने में पिन चुभोना बहुत अच्छा लगता था।

जिप्सी लड़की चुपचाप खड़ी उदास नजरों से फीबस की तरफ देखती रही। उन नज़रों में प्यार और कोमलता झलक रही थी।

फीबस ने जिप्सी का पक्ष लेते हुए कहा, "तुम इन महिलाओं की बातों की परवाह मत करो। तुम्हारी पोशाक भले ही विचित्र हो, लेकिन तुम ख़ूबसूरत हो।"

"मालूम होता है, कैप्टन पर जिप्सी की आंखों ने जादू कर दिया है।" एक लड़की ने ताना मारा।

"क्यों नहीं!" फीबस ने जवाब दिया।

यह सुनकर फ्लियुर द' लिस की आंखों में आंसू छलक आए।

एक लड़की ने जिप्सी से कहा, "तुम अपनी बकरी का चमत्कार दिखाओ।"

"मैं समझी नहीं।" जिप्सी ने कहा। इस वक्त फ्लियुर द' लिस की नज़र बकरी की गर्दन से लटकी एक चमड़े की थैली की तरफ गई। उसने पूछा, "इसमें क्या है?"

लड़की ने गंभीर स्वर में कहा, "इसमें मेरा एक भेद् है।"

फीबस ने पूछा, "तुम्हारा नाम क्या है?"

"ला इज़्मेराल्दा।"

इस पर सब लड़कियां हंस पड़ीं।

"कैसा अजीब नाम है।"

"ज़रूर, यह जादूगरनी है।"

इसी वक्त वह बच्ची, जिसने सबसे पहले जिप्सी लड़की को चौराहे में देखा था, सबकी नज़रें बचाकर बकरी को भीतर ले गई और एक बिस्कुट खिलाकर बकरी से दोस्ती कर ली। उसने कौतूहलवश

बकरी के गले में लटकी थैली खोल दी। उसमें लकड़ी के टुकड़ों पर कुछ अक्षर लिखे थे। बकरी ने उन टुकड़ों को एक ख़ास तरकीब से लगा दिया। बच्ची जोर से चिल्लाई, "देखो, बकरी ने अभी क्या किया है!"

टुकड़ों के जोड़ने से 'फीबस' शब्द बन गया था।

सब महिलाएं इकट्ठी हो गईं। ला इज़्मेराल्दा का चेहरा शर्म से लाल हो गया। उसे लगा जैसे उसकी चोरी पकड़ ली गई हो।

कैप्टन की मंगेतर हाथों से मुंह ढांपकर सिसकने लगी। "यह जादूगरनी है! यह मेरी प्रतिद्वंद्वी है।" और वह बेहोश हो गई।

"हाय, मेरी बेटी को क्या हुआ! निकल जाओ, यहां से, दोजख की जिप्सी।" फ्लियुर द' लिस की मां घबराहट में चिल्लाई।

ला इज़्मेराल्दा ने लकड़ी के टुकड़े उठा लिए और वह बकरी को लेकर चली गई।

दो

पादरी क्लॉद फ्रोलो की नज़र चौराहे में एक आकृति पर गड़ी हुई थी। वह थी जिप्सी लड़की। पादरी की आंखों में एक विचित्र चमक थी। सहसा एक अजनबी की तरफ उसका ध्यान गया और वह सोचने लगा, "यह आदमी कौन हो सकता है? अभी तक तो जिप्सी अकेली ही आया करती थी।"

जब जिप्सी वहां से चली गई तो पादरी ने आकर पूछा, "वह लड़की कहां गई?"

"किसी ने उसे सामनेवाले मकान से बुलाया था। वह वहां नाच दिखाने गई है।" एक आदमी ने बताया।

ग्रिंगोयर को लाल और पीले रंग के कपड़े पहने देखकर पादरी को बड़ी हैरानी हुई, "मास्टर ग्रिंगोयर! तुम यहां क्या कर रहे हो?"

"क्या करूं, जब मेरे कोट ने मेरा साथ छोड़ दिया तो मुझे विदूषक की पोशाक पहननी पड़ी। सभ्यता अभी हमें नंगा घूमने की इजाज़त नहीं देती। अब मैं आवारा और घुमक्कड़ों की संगति में रहता हूं। उन्होंने मुझे बहुत-से खेल सिखा दिए हैं। जनाब, आदमी को ज़िंदा तो रहना ही पड़ता है।"

"लेकिन तुम इस जिप्सी नाचनेवाली के साथ क्यों घूमते हो?"

"इसलिए कि वह मेरी पत्नी है।"

पादरी की आंखों से आग निकलने लगी। ग्रिंगोयर ने बताया, "मैं उसका पति ज़रूर हूं, लेकिन वह अभी तक अछूती है। क्योंकि उस बूढ़े बदमाश का, जिसे हम मिस्र का ड्यूक कहते हैं, कहना है, अगर यह लड़की पवित्र रही तो इसे ज़रूर किसी दिन अपने मां-बाप मिल जाएंगे। इसलिए वह अपने गले में एक तावीज पहनती है।

"तो तुम्हारा ख़याल है कि वह अभी तक पवित्र है?" पादरी ने पूछा।

"जिन चरित्रहीन जिप्सियों के बीच वह रहती है उनमें ऐसी पवित्रता दुर्लभ वस्तु है। उसके तीन रक्षक हैं—मिस्र का ड्यूक, जो उसे अपने संरक्षण में रखता है; आवारों और बदमाशों का दल, जो उसे दूसरी कुमारी मेरी समझता है; और वह छुरा, जिसे वह हमेशा। अपने पास रखती है। सच मानिए वह बड़ी गर्वीली लड़की है। बचपन में वह सारे स्पेन, केटेलोनिया, हंगरी और अल्जीरिया तक घूमी है। उसकी भाषा में बहुत-से विदेशी शब्द आ गए हैं। पेरिस में सिर्फ़ दो व्यक्तियों से वह डरती है। एक तो रोलां मीनार की संन्यासिन से, जो हर बार उसे गालियां बकती है, क्योंकि उसे जिप्सियों से कोई ख़ास शिकायत है।

और दूसरा है एक पादरी, जिसे देखते ही वह डर जाती है। वह लोगों के हाथ नहीं देखती, इसलिए उस पर जादू-टोने का इल्जाम नहीं लगाया जा सकता।

मध्ययुग में अगर कोई जानवर सीख-पढ़कर करतब दिखाता था, तो लोगों को बहुत ताज्जुब होता था और जानवरों के मालिकों को कई बार मौत की सज़ा मिलती थी।" ग्रिंगोयर ने बकरी के करतबों के बारे में बहुत-सी बातें पादरी को बताईं, जो बड़ी दिलचस्पी से हर बात सुन रहा था। जब ग्रिंगोयर ने बताया कि बकरी ने दो महीने में ही 'फीबस' शब्द सीख लिया था तो पादरी चौंक उठा।

"फ़ीबस? मेरा खयाल है कि जिप्सी लोग सूर्यपूजक होते हैं, इसलिए उसने यह शब्द चुना है। क्या तुम कसम खाकर कह सकते हो कि तुमने उस लड़की को नहीं छुआ?"

"हां, मैं कसम खा सकता हूं। लेकिन यह बताइए कि आपको इस मामले में क्यों दिलचस्पी है?"

यह सुनकर पादरी का पीला चेहरा किसी नौजवान लड़की के गालों की तरह लाल हो उठा। उसने सकपकाकर कहा, "सुनो, मैं तुम्हारी भलाई चाहता हूं। अगर तुम जिप्सी लड़की को छुओगे तो शैतान के गुलाम बन जाओगे। शरीर की वजह से ही आत्मा नर्क में जाती है।"

तीन

लोगों ने देखा था कि कोड़े पड़ने के बाद से कासीमोडो गिरजे की घंटियां बजाने में अब अधिक उत्साह नहीं दिखाता था। वह किस बात से परेशान था? क्या कोड़ों की स्मृति अभी भी उसके मन में ताज़ा थी?

या उसे दुनिया में घंटियों से भी ज़्यादा ख़ूबसूरत कोई चीज़ मिल गई थी?

एक त्यौहार के दिन कासीमोडो ने मीनार पर चढ़कर खूब जोर से घंटियां बजाईं। वह घंटियों से बातें करता जाता था, 'अपनी सारी आवाज़ चौराहे में उड़ेल दो। ...आलसी मत बनो। ...तुम कामचोर हो गई हो! ...सबको मेरी तरह बहरा बना दो।...

अचानक उसकी नजर चौराहे पर गई, जहां विचित्र पोशाक पहने एक लड़की फर्श पर कालीन बिछा रही थी। उसके आसपास दर्शकों की भीड़ जमा हो गई थी। कासीमोडो के चेहरे पर एक कोमल स्वप्निलता छा गई और उसने घंटी बजाना बंद कर दिया।

चार

एक दिन सुबह उठकर नौजवान विद्यार्थी जेहान फ्रोलो ने देखा कि उसके बटुए से सिक्कों की आवाज़ आनी बंद हो गई थी। उसने कहा, "कोई बात नहीं। मैं अपने भाई से मिलने जाऊंगा। वह मुझे प्रवचन तो ज़रूर देगा, लेकिन हो सकता है मुझे कुछ रकम मिल जाए।"

गिरजे में पहुंचकर उसने एक अधिकारी से पूछा, "आर्चबिशप कहां हैं?"

"वे मीनार वाले कमरे में हैं।"

"अहा! यह जादू-टोने की गुफा को देखने का अच्छा मौका है।" जेहान ने मन-ही-मन सोचा और खुशी से ताली पीटने लगा। "जहां तक पारस पत्थर का सवाल है, मेरे लिए उसकी कीमत सड़क की ककड़ी के बराबर है। इससे तो अच्छा हो कि उसकी अंगीठी पर मुझे तला हुआ ऑमलेट मिल जाए।"

दरवाजा भीतर से बंद नहीं था। जेहान ने दरवाजे को धीरे-से खोला और भीतर झांककर देखा।

पाठक ज़रूर रेंब्रां के चित्रों और शेक्सपीयर से परिचित होंगे। कल्पना कर सकते हैं कि डॉक्टर फॉस्टस एक अंधेरे कमरे में बैठा है, उसके सामने एक मेज पर खौफनाक बदसूरत चीज़ें रखी हैं—खोपड़ियां, अर्क बनाने के भभके और चर्मपत्र, जिनपर गुढ़ाक्षर लिखे हैं।

जेहान को भी कुछ ऐसा ही दृश्य दिखाई दिया। छत से जानवरों के ढांचे लटक रहे थे, मर्तबानों में सोने के पत्तरे थे और हस्तलिपियों के ढेर थे—संक्षेप में मध्यकाल के विज्ञान का सारा कूड़ा-कर्कट मौजूद था, जिस पर मकड़ी के जाले और धूल जमा थी।

जेहान ने दरवाजा इतने धीरे खोला था कि उसके भाई को उसकी मौजूदगी का एहसास तक नहीं हुआ था। जेहान ने अब सतर्क नजरों से हर चीज़ को देखा। खिड़की के नीचे एक बड़ी-सी अंगीठी थी। लेकिन जेहान को यह देखकर निराशा हुई कि वहां कोई तलने को बर्तन नहीं था, न अंगीठी में आग ही जल रही थी। एक कोने में शीशे का नकाब पड़ा था, जिसे पहनकर पादरी काम किया करता था। दीवारों पर रसायनविद्या के नुस्खे कई भाषाओं में लिखे थे। साथ में सितारों, आदमियों और पशुओं की आकृतियां और त्रिकोण बने थे।

कोठरी की अव्यवस्था को देखकर लगता था कि पादरी बहुत दिनों से अपने काम में दिलचस्पी नहीं ले रहा था।

जेहान ने पादरी को बड़बड़ाते हुए सुना :

"मनु और ज़ोरोस्तर कहते हैं कि सूरज आग से निकला है। और चांद सूरज से निकला है। आग सृष्टि की आत्मा है, उसके परमाणु लगातार संसार में फैलते रहते हैं और रोशनी पैदा करते हैं। सोना और

रोशनी भी एक ही चीज़ है, एक तरल है और दूसरी ठोस है। मेरे हाथ पर जो सूरज की किरणें चमक रही हैं, वे सोना हैं। उन्हें सोने में बदला जा सकता है, लेकिन यह कैसे किया जाए?"

"न जाने अब मुझे कितनी देर रुकना पड़ेगा।" जेहान ने सोचा।

पादरी कहे जा रहा था, "मनु ने कहा है कि जहां स्त्रियों की पूजा होती है वहां देवता निवास करते हैं–स्त्री का मुख पवित्र होता है–स्त्री का नाम मधुर होना चाहिए।' ऋषि ने ठीक कहा है। ...ला-इज़्मेराल्दा! फिर वही खयाल मेरे दिमाग में आया। कुछ दिनों से मेरे सभी परीक्षण असफल हो रहे हैं। मैं अभी तक यह रहस्य मालूम नहीं कर सका कि कैसीदोरस कैसे बिना बत्ती और तेल के अपना लैंप जला लेता था। जब जेकियल इस कील को हथौड़े से ठोकता था, तो उसका दुश्मन चाहे वह कहीं भी हो धरती में धंस जाता था। लेकिन मुझे वह जादू का शब्द मालूम नहीं, जो कील ठोकते वक्त बोलना चाहिए–ईश्वर करे इस कील से फीबस नामवाले आदमी की कब्र खुल जाए–फिर वही विचार!" उसने गुस्से में हथौड़ी पटक दी।

जेहान अपने भाई को चकित दृष्टि से देखने लगा, क्योंकि उसकी भावनाओं का सरोवर हमेशा सूखा रहता था। वह नहीं जानता था कि जब मानवीय भावनाओं के समुद्र को कहीं बहने का मार्ग न मिले, तो उसमें कितने तूफान उठते हैं। वह सिसकियों में फूट पड़ता है और उसकी बाढ़ सारे बांधों को तोड़ देती है। अपने भाई के कठोर, सर्द सदाचारी चेहरे को देखकर जेहान को धोखा हुआ था। एटना पर्वत की हिममंडित चोटी के नीचे सुलगते हुए ज्वालामुखी की कल्पना उसने कभी नहीं की थी। उसे आज अपने भाई के हृदय में मचनेवाले संघर्ष की एक झलक दिखाई दी थी।

जेहान पीछे हट गया और कदमों की आहट से अपने आने की सूचना देने लगा।

"भीतर चले आओ। मुझे तुम्हारे आने की उम्मीद थी, इसलिए मैंने दरवाजा खुला रख छोड़ा था।" पादरी ने भीतर से पुकारकर कहा।

लेकिन जेहान को देखते ही पादरी चौंक उठा, "जेहान! तुम! तुम यहां क्या कर रहे हो?"

जेहान ने मासूम चेहरा बनाकर कहा, " भाई साहब, मैं आपसे एक चीज़ मांगने आया हूं।"

"कौन-सी चीज़?"

"एक सलाह।" पैसे का नाम लेने की उसे हिम्मत न हुई।

"अच्छा है तुम इस वक्त आए हो। हर रोज मुझसे लोग तुम्हारी शिकायतें करते हैं। तुम विद्यार्थियों से मार-पीट करते हो। उनके कपड़े फाड़ते हो–अच्छा, अपने आने का असली मकसद बताओ।"

"मुझे पैसों की ज़रूरत है।" जेहान ने निस्पृह भाव से कहा।

"किसलिए ज़रूरत है?"

"देखिए, मैं न शराबखानों में इसे खर्च करना चाहता हूं, न ही सुनहरी किमखाब की पोशाक पहनकर पेरिस की गलियों में घूमना चाहता हूं। मुझे दान के लिए पैसों की ज़रूरत है।"

"क्या मतलब?"

"मेरे दो दोस्त एक गरीब विधवा के बच्चे के लिए कपड़े खरीदना चाहते हैं। मैं भी अपना हिस्सा देना चाहता हूं।"

"इस मनगढ़ंत कहानी पर कौन यकीन करेगा? निकल जाओ यहां से! मैं किसी का इंतज़ार कर रहा हूं। अच्छा यह बताओ तुम्हारी पढाई कैसी चल रही है।"

"मेरी कापियां गुम गई हैं और किसी ने मेरी पुस्तक चुरा ली है। मैं अरस्तू के बारे में कुछ नहीं जानना चाहता। उसका अध्यात्मशास्त्र मेरे धर्म को नष्ट कर देगा तो आप मुझे रोटी का एक सूखा टुकड़ा खरीदने के

लिए भी पैसे नहीं देंगे।"

"जो मेहनत नहीं करता, उसे खाने का भी कोई हक नहीं है।"

"जरा मेरे जूतों की हालत देखिए। आपको बिलकुल तरस नहीं आता?"

"मैं तुम्हें नये जूते भिजवा दूंगा, लेकिन पैसे नही दूंगा।"

"अच्छी बात है, जहन्नुम में जाओ। अब मैं जुआ खेला करूंगा और अपना सारा वक्त शराबघरों और चकलों में गुज़ारा करूंगा।"

"तुम पतन के गड्ढे की तरफ जा रहे हो।"

"हां, मैं शराबघर जा रहा हूं।"

"जानते हो, उसके बाद नर्क की बारी आती है।"

"कम-से-कम वहां कुछ गर्मी तो मिलेगी।"

इसी वक्त जीने पर किसी के कदमों की आहट सुनाई दी।

पादरी ने अपने ओंठों पर उंगली रखकर कहा, "मास्टर यक आ रहे हैं। जेहान! तुम अंगीठी के नीचे छिप जाओ। कोई आवाज़ न करना! समझे!"

जेहान के दिमाग में अक्लमंदी की एक बात आई, "भाई साहब, चुप रहने के लिए मैं एक फ्लोरिन लूंगा।"

"खामोश! मैं वादा करता हूं कि तुम्हें बाद में दे दूंगा।"

"नहीं, अभी दीजिए।"

"लो।" पादरी ने गुस्से से अपना बटुआ उसकी तरफ फेंक दिया। इसी वक्त दरवाजा खुला।

पांच

मास्टर यक ने काले रंग का चोगा पहन रखा था।

पादरी ने पूछा, "उस जादूगर से कुछ मालूम हुआ?"

"नहीं। अगर हम उसे तेल में उबाल दें, तब भी वह कुछ नहीं बताएगा। लेकिन हम अपनी तरफ से भरसक कोशिश कर रहे हैं। उसके शरीर के सारे जोड़ हमने तोड़ दिए हैं।"

"उसके घर में कुछ मिला?"

"हां, यह चर्मपत्र मिला है। इस पर दो शब्द लिखे हैं, जो हमारी समझ में नहीं आते। अच्छा यह, बताइए कि आप उस जादूगरनी को कब गिरफ्तार करवाना चाहते हैं?"

"कौन-सी जादूगरनी?"

"वही जिप्सी लड़की, जो चौराहे पर नाचने आती है। उसकी बकरी भी गणित जानती है। आप जब चाहें कार्यवाही शुरू की जा सकती है। वैसे वह लड़की बड़ी ख़ूबसूरत है।"

पादरी का चेहरा पीला पड़ गया। उसने जवाब दिया, "अभी तो तुम उस जादूगर से निपटो। इस लड़की के बारे में फिर बताऊंगा।"

इसी वक्त अंगीठी के नीचे से किसी चीज़ के कुतरे जाने की आवाज़ सुनाई दी। जेहान को सूखी डबलरोटी और पनीर का एक टुकड़ा मिल गया था, जिस पर फफूंदी लगी थी। वह नाश्ता कर रहा था।

"यह क्या है?" यक ने पूछा।

"मेरी बिल्ली कोई चूहा खा रही होगी।"

"हर महान् दार्शनिक के पास कोई-न-कोई पालतू जानवर ज़रूर होता है।" यक ने कहा।

पादरी इस डर से यक को बाहर ले गया कि जेहान कहीं कुछ और हरकत न कर बैठे।

छः

पादरी के जाने के बाद जेहान बाहर निकल आया और बोला, "इन लोगों की बातें सुनकर मेरा सिर दुखने लगा है। अब मैं बटुआ लेकर जाता हूं और शराब की बोतलें खरीदता हूं।"

गिरजे से बाहर निकलकर उसकी मुलाकात फीबस से हुई, जो अपनी मंगेतर के घर के सामने खड़ा होकर तरह-तरह की कसमें खा रहा था।

जेहान को देखकर उसने कहा, "माफ करना जेहान, मैं जब भी इस घर में जाता हूं, तो कसमें खाने लगता हूं।"

"शराब पीओगे?"

"मेरे पास पैसा नहीं है।"

"मेरे पास है।"

"मैं शर्त बद सकता हूं कि तुम्हारे बटुए में पत्थर भरे होंगे। अरे, इतनी रकम कहां से लाए? कहीं डाका मारा है?"

"मेरा एक भाई है, जो पादरी होने के साथ-साथ अहमक भी है।"

"ख़ुदा के सींगों की कसम।" फीबस ने कहा। इसके बाद वे द्वंद्व युद्धों, औरतों और शराब की बातें करने लगे।

फीबस ने कहा, "जल्दी चलो। मुझे डर है कि कहीं जिप्सी लड़की मुझे देख न ले। मैं सड़क पर उससे बातचीत नहीं करना चाहता हूं।"

फिर फीबस ने जेहान के कान में फुसफुसाकर कुछ कहा। "सच?" जेहान ने पूछा। "हां, वह आज रात मुझसे मिलने आएगी।"

पादरी का, जो उन दोनों के पीछे-पीछे आ रहा था, यह बात सुनकर सारा शरीर कांप उठा।

सात

शराबखाने से निकलकर फीबस ने कहा, "तुम्हारे बटुए में कुछ बचा है या नहीं? मुझे अभी और पैसा चाहिए।"

उसने जेहान को जोर से धक्का दिया। जेहान फर्श पर गिर पड़ा और जोर से खुर्राटे लेने लगा।

फीबस ने देखा कि बुत जैसी एक परछाईं लगातार उसका पीछा कर रही थी। शहर में यह अफवाह फैली थी कि किसी पादरी का प्रेत रात को पेरिस की गलियों में घूमा करता है।

इसी वक्त परछाईं ने जोर से फीबस की बांह पकड़ ली और पूछा, "तुम कैप्टन फीबस हो न? आज रात तुम किसी औरत से मिलने जा रहे हो न? उसका नाम..."

"ला इज़्मेराल्दा है।" फीबस के मुंह से निकला, "लेकिन मेरे पास पैसा नहीं है।"

पादरी ने उसे सोने का सिक्का दिया।

"मैं तुम्हें यह सिक्का इस शर्त पर दे रहा हूं कि तुम मुझे कमरे में किसी ऐसी जगह पर छिपा दोगे, जहां से मैं उस औरत को देख सकूं। मुझे लगता है कि तुम झूठ बोल रहे हो।"

फ़ीबस राजी हो गया। उसने एक दरवाजे पर दस्तक दी। भीतर से चिथड़ेनुमा कपड़े पहने एक बुढ़िया निकली। उसके हाथों, चेहरे और गर्दन पर झुर्रियां थीं, और मुंह के चारों ओर सफेद बाल थे। वह बिल्ली-सी दिखाई दे रही थी। घर के हर कोने में मकड़ी के जाले लगे थे।

फीबस ने बुढ़िया के हाथ में सिक्का देते हुए कहा, "हमें एक कमरा चाहिए।" बुढ़िया ने सिक्का मेज की दराज में रख दिया और उन्हें कमरा दिखाने के लिए ले गई। उसके जाते ही छोटे-से लड़के ने, जो राख में

खेल रहा था, सिक्का उठा लिया और उसकी जगह एक सूखा पत्ता रख दिया।

आठ

जब बुढ़िया लैंप लेकर कमरे के भीतर आई तो उसके पीछे-पीछे फीबस और ला इज़्मेराल्दा भी थे। फीबस अपनी मूंछों पर ताव दे रहा था। लड़की को देखकर छिपा हुआ पादरी कांप उठा और उसके दिल की धड़कन बढ़ गई। इसके बाद वह बेहोश हो गया।

जब उसे होश आया तो उसने देखा कि फीबस और ला इज़्मेराल्दा लकड़ी की पेटी पर अकेले बैठे बातें कर रहे थे।

लड़की का मुंह शर्म से लाल था और वह खामोश थी। वह फीबस के सामने शर्म के मारे नज़रें तक नहीं उठा पा रही थी। उसकी बकरी उसके पैरों के पास बैठी थी।

लड़की ने कहा, "यहां आकर मैंने अपनी कसम तोड़ दी है। अब मेरी अपने मां-बाप से कभी मुलाकात नहीं होगी। ...तावीज की शक्ति नष्ट हो जाएगी... लेकिन अब मुझे अपने मां-बाप की ज़रूरत नहीं है। ओह, कैप्टन फीबस, मैं तुमसे कितना प्यार करती हूं।"

"तुम मुझसे प्यार करती हो?" कैप्टन ने पूछा और लड़की की कमर में अपनी बांह डाल दी।

पादरी ने अपने चोगे के भीतर से छुरा निकाला और उसकी नोक को छूकर देखा।

लड़की ने फीबस के हाथ को हटाते हुए कहा, "तुमने मेरी जान बचाई थी। कई सालों से मैं सपना देखती आ रही थी कि कभी कोई

अफसर मेरी जान बचाएगा। तुम्हीं मेरे सपनों के अफसर हो। मुझे तुम्हारा नाम बहुत अच्छा लगता है। जरा अपनी तलवार तो दिखाओ।"

"तुम भी निरी बच्ची हो।"

जब ला इज़्मेराल्दा तलवार को चूमने के लिए झुकी तो मौका पाकर फीबस ने उसकी गर्दन को चूम लिया। पादरी अंधेरे में दांत पीसने लगा।

"क्या तुम मुझसे प्यार करते हो?"

"मैंने तुम्हारे सिवा कभी किसी से प्यार नहीं किया।"

यह रटी-रटाई स्पीच फीबस पहले भी कई बार दे चुका था।

ला इज़्मेराल्दा ने हर्षोन्माद से कहा, "ऐसे क्षण में तो मौत आ जानी चाहिए।"

"तुम कैसी अजीब बात कर रही हो। सुनो इज़्मेराल्दा...माफ करना तुम्हारा नाम इतना अजीब है कि मैं बार-बार भूल जाता हूं।"

"अगर तुम्हें मेरा नाम पसंद नहीं तो मैं इसे बदल लूंगी।"

"छोड़ो इस बात को। मैं तुम्हें दुनिया की सबसे सुखी औरत बनाऊंगा। हम दोनों कहीं छोटा-सा घोंसला बनाएंगे और मैं तुम्हारी खिड़की के आगे से अपने सिपाहियों की परेड करवाऊंगा।"

यह कहकर कैप्टन ने ला इज़्मेराल्दा की पोशाक की तरफ हाथ बढ़ाया।

इज़्मेराल्दा किसी सोच में डूबी थी, उसने कहा, "तुम मुझे अपने धर्म की दीक्षा दो, ताकि हमारी शादी हो सके।"

"शादी कौन कर रहा है? शादी से क्या फायदा होता है? अगर कोई पादरी लेटिन भाषा के दो-चार शब्द बोल देता है तो क्या उसी से दो प्रेमियों का आपसी प्यार बढ़ जाता है।"

उसके हाथ फिर ला इज़्मेराल्दा की कमर की तरफ बढ़े।

पादरी को, जो अभी तक मठ के कठोर अनुशासन और सदाचार का पालन करता रहा था, लगा जैसे किसी ने उसकी नसों में पिघला

हुआ सीसा डाल दिया हो। वह वासना-भरी ईर्ष्या से कैप्टन के हाथों की हर हरकत को देख रहा था।

जब कैप्टन ने ला इज़्मेराल्दा के ब्लाउज के बटन खोल दिए तो लड़की की विचारतंद्रा टूटी। उसने कैप्टन को जोर से पीछे धकेल दिया।

कैप्टन ने कहा, "देखता हूं कि तुम मुझसे प्यार नहीं करतीं।"

लड़की रोती हुई उसके गले से लिपट गई, "यह क्या कह रहे हो। मैं तुम्हारी हूं। तुम जो चाहो सो करो। अगर तुम मुझसे शादी नहीं करना चाहते, तो मत करो। आखिरकार मैं एक बदनसीब गरीब लड़की हूं और तुम कुलीन खानदान के हो। भला सड़कों पर नाचनेवाली लड़की की शादी एक अफसर से कैसे हो सकती है। यह मेरा पागलपन है। नहीं फीबस। मैं तुम्हारी रखैल, तुम्हारा खिलौना, जो कहोगे बनने को तैयार हूं। जब मैं बूढ़ी हो जाऊंगी तो मैं तुम्हारी नौकरानी बन जाऊंगी, तुम्हारे जूतों को, तुम्हारी वर्दी को साफ किया करूंगी। हम जिप्सियों को सिर्फ़ खुली हवा और प्यार की ज़रूरत होती है।"

कैप्टन ने इज़्मेराल्दा के नंगे कंधे पर अपने ओंठ रख दिए। इसी वक्त इज़्मेराल्दा को पादरी का चेहरा दिखाई दिया। वह फीबस की तरफ अपना छुरा बढ़ा रहा था। फीबस फर्श पर गिर पड़ा। इज़्मेराल्दा बेहोश हो गई। बेहोश होने से पहले उसे महसूस हुआ कि जैसे कोई उसके ओंठों को चूम रहा है। इस चुंबन में दहकते हुए लोहे से भी ज़्यादा गर्मी थी।

जब उसे होश आया तो उसने देखा कि सिपाही कैप्टन के शरीर को उठाकर बाहर ले जा रहे थे और दरवाजे पर कोई कह रहा था, "यह जादूगरनी है। इसने अभी एक कैप्टन को छुरा भोंका है।"

सातवां भाग

ग्रिंगोयर और उसके सब साथी बेहद परेशान थे। एक महीने से ला इज़्मेराल्दा लापता थी। यहां तक कि उसकी बकरी भी दिखाई नहीं दी थी।

एक दिन ग्रिंगोयर ने पैलेस द' जस्टिस के एक दरवाजे के सामने लोगों की भीड़ देखी। उसने एक नौजवान से पूछा, "क्या मामला है?"

"सुनते हैं कि किसी अफसर के कत्ल के जुर्म में एक औरत पर मुक़दमा चलाया जा रहा है। मालूम होता है कि उस औरत ने जादू-टोना किया था। मेरा भाई जो आर्चडेकन है, सारा वक्त मुक़दमे में लगाता है।"

ग्रिंगोयर भीड़ के पीछे-पीछे गया। उसके खयाल में कत्ल के मुकदमे से ज़्यादा दिलचस्प कोई चीज़ नहीं थी, क्योंकि जज आमतौर पर बेहद बेवकूफ हुआ करते थे। हाल में एक तरफ भीड़ जमा थी। वकीलों के आगे मेजें लगी हुई थीं। चबूतरे पर सर्द, दुष्टतापूर्ण चेहरोंवाले जज बैठे थे। उनके सिर के पीछे ईसामसीह की विशाल मूर्ति दिखाई दे रही थी।

ग्रिंगोयर ने एक आदमी से पूछा, "किसका मुकदमा हो रहा है? मुजरिम तो दिखाई नहीं दे रहा।"

तुम उसे यहां से नहीं देख सकते, उस औरत की पीठ हमारी तरफ है।"

"क्या तुम उसका नाम जानते हो?"

"नहीं, मैं अभी-अभी आया हूं।"

इसी वक्त एक बुढ़िया गवाही देने के लिए आई। वह चिथड़ों की चलती-फिरती गठरी दिखाई दे रही थी। उसने कहा, "मैं एक गरीब बुढ़िया हूं, लेकिन किसी जमाने में मैं एक ख़ूबसूरत लड़की थी...इस कत्ल से कुछ दिन पहले लोगों ने मुझसे कहा था, "पादरी का प्रेत तुम्हारे घर के आसपास चक्कर काट रहा है। खयाल रखना, कहीं किसी रात को वह तुम्हारा दरवाजा ही न खटखटाए।"

एक रात मैं सूत कात रही थी कि किसी ने दरवाजा खटखटाया। दो आदमी भीतर आए। उनमें से एक तो नौजवान अफसर था, और दूसरे ने काले रंग का लबादा ओढ़ रखा था। अंधेरे में उसकी आंखें दहकते हुए अंगारों की तरह चमक रही थीं। उन्होंने मुझसे एक कमरा मांगा और एक क्राउन दिया, जिसे मैंने मेज की दराज में रख दिया। थोड़ी देर में ख़ूबसूरत नौजवान एक लड़की को अपने साथ लेकर आया। वह सच्चे अर्थों में सुंदरी थी। लड़की के साथ एक बकरी भी थी। मैं घबरा गई। बकरियों को देखकर ही न जाने क्यों मन में जादू-टोने का खयाल आता है।

इसके बाद मैं सूत कातती रही। अचानक फर्श पर किसी चीज़ के गिरने की आवाज़ आई और मैंने देखा एक प्रेत खिड़की खोलकर नदी में कूद रहा था। उसने पादरी की पोशाक पहन रखी थी। कमरे के फर्श पर खून-ही-खून था। कैप्टन की गर्दन में छुरा धंसा हुआ था और लड़की भी मरने का बहाना लिए हुए लेटी थी। मैंने मन-ही-मन सोचा, "अब पंद्रह दिन तक मुझे यह फर्श धोना पड़ेगा।" सिपाही अफसर और लड़की को उठाकर ले गए।

अगले दिन जब मैंने दराज खोला तो उसमें सिक्के की बजाय एक सूखा पत्ता रखा था।

"प्रेत और बकरी ! ज़रूर यह जादू-टोना है।" ग्रिंगोयर के पास खड़े एक आदमी ने कहा।

"और वह सूखा पत्ता! ज़रूर यह जादूगरनी उस प्रेत के साथ मिलकर अफ़सरों को लूटती होगी।" एक दूसरे आदमी ने कहा।

"तुम्हें कुछ और कहना है?" जज ने गंभीर स्वर में बुढ़िया से पूछा।

"जी, सिर्फ़ एक बात कहनी है। रिपोर्ट में मेरे मकान को एक गंदी झोंपड़ी बताया गया है। यह सरासर गलत है। पुल के ऊपर के बने मकान महल भले न हों, लेकिन वहां कई अमीर कसाई रहते हैं, जिनकी बीवियां साफ-सुथरी और ख़ूबसूरत हैं।"

"खामोश! क्या तुम वह पत्ता लाई हो?"

"जी? यह रहा।"

एक वकील ने पूछा, "दो आदमियों में से तुम्हें पत्ता किस आदमी ने दिया था?"

"अफसर ने।"

श्रोताओं में फिर सनसनी फैल गई।

इस पर शाही वकील ने कहा, "याद रखिए कि मरने से पहले अफसर ने बयान दिया था कि पादरी के प्रेत ने उसे वह सिक्का दिया था और कहा था कि वह ज़रूर उस लड़की से मुलाकात करे। यही वह शैतान का सिक्का था।"

इसी वक्त मुजरिम उठ खड़ी हुई। ग्रिंगोयर ने देखा, वह इज़्मेराल्दा थी। उसके बाल बिखरे थे, आंखें गालों में धंस गई थीं और खौफनाक हो गई थीं। वह चकित स्वर में बोली, "फीबस! वह कहां है? बताइए वह जिंदा है या नहीं! मुझ पर तरस खाइए।"

"वह मरनेवाला है। अब तुम्हें तसल्ली हुई।" शाही वकील ने कहा। लड़की धम्म से उठ गई। उसका चेहरा मोम की तरह सफेद हो गया।

"अब दूसरे कैदी को पेश किया जाए।" जज ने कहा।

एक ख़ूबसूरत बकरी अदालत में लाई गई, जिसके सींगों और खुरों

पर सुनहरा रंग किया गया था।

उस जमाने में जादू-टोने के जुर्म में जानवरों पर भी मुकदमे चलाए जाते थे। 1466 के दस्तावेजों में एक सूअरी की फांसी का विवरण दर्ज है। ग्यारह दिन तक उस पर मुकदमा चलाया गया था।

हम उस प्रेत को, जो इस बकरी पर सवार है, चेतावनी देते हैं कि अगर उसने अदालत को डराने की कोशिश की तो हम उसे फांसी की सजा देने पर मजबूर होंगे।

यक कारमोलू ने जिप्सी लड़की की डफली उठाकर पूछा, "क्या वक्त हुआ है?" बकरी ने सात बार फर्श पर खुर पटका। सचमुच सात का वक्त था। भीड़ में दहशत फैल गई।

वही लोग जो सड़क पर जाली के मासूम करतब देखकर तालियां बजाया करते थे, पैलेस द' जस्टिस में आकर उसी से खौफ खा रहे थे और उसे शैतान समझ रहे थे।

इसके बाद यक कारमोलू ने चमड़े की थैली में से लकड़ी के टुकडे निकालकर फर्श पर बिखेर दिए और बकरी ने उन्हें जोड़कर 'फीबस' शब्द बनाया। अब साबित हो गया कि कैप्टन पर जादू-टोना किया गया था।

"तुम जिप्सी हो, जो बुरे काम करते हैं। मार्च 29 की रात को तुमने इस बकरी की मदद से कैप्टन फीबस की हत्या की, क्या तुम इस बात से इनकार करती हो?" जज ने पूछा।

"मेरा फीबस!" लड़की हाथों से चेहरे को ढंककर बोली, "मैं इनकार करती हूं। एक पादरी हर वक्त मेरा पीछा करता रहता था..."

"मैं सिफारिश करता हूं कि कैदी को यंत्रणा दी जाए।" यक कारमोलू ने नर्म आवाज़ से कहा। लड़की कांप उठी।

बकरी करुण स्वर में मिमियाने लगी। अदालत की कार्यवाही स्थगित कर दी गई।

दो

तहखानों में इतना अंधेरा था कि दिन के वक्त भी वहां लैंप जल रहे थे। ला इज़्मेराल्दा को एक मीनार के नीचे बने गोल कमरे में ले जाया गया, जहां एक भट्ठी में आग जल रही थी और भयंकर किस्म के औजार लटक रहे थे। फर्श पर चमड़े का एक गद्दा बिछा था, जिस पर बकसुए वाली एक रस्सी लगी थी। भट्ठी में चिमटे और संडासियां तपाई जा रही थीं। इस दोज़ख को 'पूछताछ का कमरा' कहा जाता था।

कमरे में दाखिल होते ही लड़की पर दहशत छा गई। यक कारमोलू ने मुस्कराकर पूछा, "क्या अभी भी तुम अपने जुर्म से इनकार करती हो?"

"हां।" लड़की ने क्षीण स्वर में जवाब दिया।

दो आदमियों ने उसे पकड़कर गद्दे पर बिठा दिया।

कारमोलू ने कहा, "हम पहले तुम्हें 'बूट' पहनाएंगे।"

लड़की क्षीण स्वर में बुदबुदाई, "ओह! मेरा फीबस!" ईश्वर ने और इंसान ने उसका साथ छोड़ दिया था।

उसका ख़ूबसूरत पैर दो लोहे के टुकड़ों में जकड़ दिया गया। वह जोर से चिल्लाई, "इसे उतार दो। रहम करो।"

"तुम अपना जुर्म क़बूल करती हो?"

"मैं मासूम हूं।"

इसपर बूट और ज़्यादा भिंच गया।

"मैं क़बूल करती हूं। सब क़बूल करती हूं।" लड़की जोर से चीखी।

"तुम क़बूल करती हो कि तुमने प्रेतों, चुड़ैलों और जादूगरनियों के साथ मिलकर जादू-टोने में हिस्सा लिया है?"

"हां।"

"तुम क़बूल करती हो कि इस बकरी के माध्यम से तुमने शैतान से संपर्क स्थापित किया था?"

"हां।"

"तुम क़बूल करती हो कि तुमने 29 मार्च की रात को शैतान और पादरी के साथ मिलकर कैप्टन फीबस का कत्ल किया था?"

"हां।" उसने यंत्रवत् उत्तर दिया। साफ़ जाहिर था कि उसका आत्मबल टूट चुका था।

तीन

जब वह अदालत में लौटी तो उसका चेहरा जर्द हो गया था और वह लंगड़ा रही थी।

उसे देखते ही लोगों में खुशी की लहर दौड़ गई। लोग उसी बेचैनी से उसका इंतज़ार कर रहे थे, जैसे थियेटर में नाटक के अंतिम अंक का इंतज़ार करते हों। जजों को संतोष हुआ कि वे जल्द घर जाकर खाना खाएंगे। नन्ही बकरी भी खुशी से मिमियाने लगी और उसने भागकर अपनी मालकिन तक पहुंचने की कोशिश की, लेकिन उसे एक बेंच से बांध दिया गया था।

यक कारमोलू ने कहा, "मुजरिम ने सारी बातें क़बूल कर ली है।"

"जिप्सी लड़की, क्या तुम मानती हो कि तुमने जादू-टोना, वेश्यावृत्ति और कत्ल किया था?" जज ने पूछा।

"मैं कुछ भी क़बूलने को तैयार हूं। मुझे जल्द ही मार डालिए।" लड़की सिसक रही थी।

जज ने फैसला दिया कि लड़की जुर्माना अदा करे, नोत्र दाम के गिरजे के सामने प्रायश्चित करे, फिर उसे और उसकी बकरी को प्लेस द'

ग्रीव में ले जाकर फांसी दी जाए।

"जिप्सी लड़की, हमारे बादशाह की मर्जी के मुताबिक किसी दिन तुम्हें एक छकड़े में बिठाकर नोत्र दाम ले जाया जाएगा। एक जांघिये के सिवा तुम्हारे शरीर पर कोई कपड़ा नहीं रहने दिया जाएगा। वहां तुम सब लोगों के सामने अपनी हथेली पर एक पौंड वजन की मोमबत्ती रखकर प्रायश्चित करोगी, उसके बाद तुम्हें फांसी पर लटका दिया जाएगा।"

चार

मध्ययुग में इमारतों का जितना हिस्सा ज़मीन के ऊपर रहता था, उतना ही नीचे भी रहता था। नोत्र दाम जैसे गिरजों और किलों के नीचे जेल भी रहते थे; तहखानों में कोठरियां, बरामदे और जीने भी हुआ करते थे। महाकवि दांते ने दोज़ख की कल्पना इन्हीं तहखानों के आधार पर की थी। सबसे निचले तहखानों में मौत की सज़ा पानेवाले कैदियों को रखा जाता था। एक बार वहां पहुंचने पर उसे रोशनी, हवा, उम्मीद और ज़िंदगी से हमेशा के लिए विदा ले लेनी पड़ती थी। अक्सर उसे तहखाने से निकालकर फांसी पर चढ़ा दिया जाता था या वहीं सड़ने दिया जाता था। इंसान का इंसाफ इसे 'भूल जाना' कहता था। उसके और बाहरी संसार के बीच पत्थरों का पहाड़ रहता था।

ऐसी ही एक कोठरी में इज़्मेराल्दा को डाल दिया गया। कोई भी आदमी, जिसने उसे नाचते या गाते हुए देखा था, अगर उसे इस हालत में देखता तो खौफ से कांप उठता। कोठरी रात और मौत की तरह सर्द थी। दीवारों से पानी टपक रहा था। उसके पास पुआल के एक ढेर पर वह खामोश बैठी थी। उसका दिमाग सुन्न हो गया। था, इसलिए उसे दुख

महसूस ही नहीं होता था। फीबस, सूरज की किरणें, खुली हवा, उसके नाच के बाद बजनेवाली तालियां, फीबस के साथ प्रेम-भरी बातें, पादरी का छुरा, यंत्रणा—ये सब बातें एक-एक करके उसके दिमाग में घूम रही थीं-कभी सुनहरी स्वप्न। की तरह और कभी भयंकर दु:स्वप्न की तरह।

वह न जाग रही थी न सो रही थी; उसके लिए जागने और सोने में, दिन और रात में, यथार्थ और स्वप्न में कोई अंतर नहीं रहा था। उसके दिमाग में हर चीज़ धुंधली हो गई थी।

कभी-कभी छत के ऊपर से एक दरवाजा खुलता था और कोई आदमी भीतर काली रोटी का टुकड़ा फेंक देता था। बाहर की दुनिया के साथ उसका सिर्फ़ यही संपर्क रह गया था।

वह खामोशी से छत से टपकनेवाली पानी की बूंदों की आवाज़ सुना करती थी। धरती की आवाज़ों में से सिर्फ़ यही आवाज़ उसे सुनाई देती थी। उसे यह भी मालूम नहीं था कि वह कितनी देर से वहां थी। जब वह हाथों के बल रेंगने की कोशिश करती तो बेड़ियां और हथकड़ियां झनझना उठती थीं।

कई बार जब वह एक जगह बैठे-बैठे थक जाती थी तो ज़िने की सीढ़ी पर बैठ जाती थी।

फिर एक दिन या एक रात (उसके लिए दोपहर और आधी रात में कोई फर्क नहीं था) उसे किसी के कदमों की आवाज़ सुनाई दी। उसने देखा ऊपर दरवाजे में लाल रंग की रोशनी चमक रही थी, रोशनी से उसकी आंखें इतनी चौंधिया गई कि उसने अपनी आंखें बंद कर लीं।

जब उसने आंखें खोलीं तो देखा काले चोगे में एक आदमी खड़ा था। उसका चेहरा काले नकाब से ढंका हुआ था। लगता था, जैसे काले कफ़न में लिपटी कोई लाश खड़ी हो।

"तुम कौन हो?" लड़की ने पूछा।

"एक पादरी। क्या तुम मरने के लिए तैयार हो?"

"कब ?"

"कल।"

"मैं आज क्यों नहीं मर सकती ?"

"मालूम होता है, तुम बहुत दुखी हो।"

फिर पादरी ने कोठरी में नजर दौड़ाई, "कोई रोशनी नहीं ! आग नहीं ! फर्श पर पानी है। कैसी भयंकर बात है।"

"हां," लड़की ने चकित स्वर में कहा, "दिन की रोशनी तो ईश्वर ने सबके लिए बनाई है। फिर मुझी को रात क्यों दी गई है ?"

"तुम जानती हो, तुम्हें यहां क्यों भेजा गया है ?"

"मैं जानती तो थी, लेकिन अब मुझे कुछ याद नहीं।" फिर वह बच्चों की तरह फूट-फूटकर रोने लगी, "जनाब, मैं यहां से निकलना चाहती हूं। मुझे सर्दी लगती है।"

"अच्छा, मेरे पीछे-पीछे आओ।" कहकर पादरी ने उसकी बांह पकड़ ली। लड़की जोर से चिल्लाई, "ओह ! यह तो मौत जैसा सर्द हाथ है। तुम कौन हो ?"

पादरी ने चेहरे पर से नकाब हटा दिया। यह वही चेहरा था जो बहुत दिनों से लड़की का पीछा कर रहा था, और जो उसके प्यारे फीबस के सिर के पीछे दिखाई दिया था।

इज़्मेराल्दा को लगा कि जैसे उसके दिल के सारे जख्मों में, से एक साथ खून निकल रहा हो। वह कांप उठी और उसने हाथों से अपना चेहरा ढांप लिया, "तुम मुझे अभी खत्म कर दो।"

"क्या मुझे देखकर तुम्हें डर लगता है ?" पादरी ने पूछा।

"हे ईश्वर ! अगर यह पादरी न होता तो मैं कितनी सुखी होती ! इसी ने मेरे फीबस को मारा है।" वह सिसकने लगी। फिर उसने नज़रें ऊपर उठाकर पूछा, "तुम कौन हो ? मैंने तुम्हारा क्या बिगाड़ा है ? तुम मुझसे

क्यों नफ़रत करते हो?"

"मैं तुमसे प्यार करता हूं।" पादरी ने कहा।

लड़की चकित भाव से उसे देखने लगी।

पादरी घुटने टेककर बैठ गया। उसकी आंखों से आग निकल रही थी।

"तुम समझीं। मैं तुम्हें प्यार करता हूं। तुम्हें देखने से पहले मैं सुखी था।"

"मैं भी सुखी थी।"

"कम-से-कम मैं अपने को सुखी समझता था। मेरी आत्मा पवित्र थी। मैं गर्व से सिर उठाकर चलता था। पादरी सदाचार और धर्मशास्त्र के बारे में मुझसे सलाह लेने आते थे। मेरे लिए ज्ञान ही सब कुछ था। कई बार औरतों को देखकर मेरे शरीर में बेचैनी उठती थी और धार्मिक शपथों की वे कठोर जंजीरें झनझना उठती थीं, जिन्होंने मुझे धर्म की वेदी से बांध रखा है। लेकिन उपवास, प्रार्थना, अध्ययन और सादगी से मैं फिर अपने शरीर पर संयम पा लेता था। मैं औरतों से बचता था। किताब खोलने में देर होती थी कि विज्ञान के वैभव के आगे सारे अपवित्र विचार तितर-बितर हो जाते थे।

"एक दिन मैं अपनी कोठरी की खिड़की में से बाहर देख रहा था। चौराहे पर एक ख़ूबसूरत लड़की नाच रही थी। वह इतनी ख़ूबसूरत थी कि ईश्वर उसे कुमारी मेरी बनाना ज़्यादा पसंद करता। उसकी आंखें काली और चमकदार थीं...आह! वह लड़की तुम्हीं थीं। मैं खड़ा तुम्हें देखता रहा। अचानक मेरे सारे शरीर में कंपकंपी दौड़ गई और मुझे लगा कि किस्मत ने मुझे पकड़ लिया है। लेकिन उसी वक्त मैंने तुम्हारे नज़दीक एक बकरी देखी और समझ गया , कि तुम मेरा सर्वनाश करने के लिए दोज़ख से आई हो।"

पादरी ने लड़की की तरफ सर्द निगाहों से देखकर कहा, "अभी भी मेरा यही विश्वास है। तुम्हारा नाच मेरे दिमाग में घूमने लगा, मेरे भीतर कोई रहस्यमय जादू काम कर रहा था। मैंने वहां से भागने की कोशिश

की, लेकिन मैं वहां से हिल तक न सका।

तुम्हें एक-दो बार देखने के बाद मेरे मन में तुम्हें हजारों बार देखने की ख्वाहिश हुई। जी में आया कि मैं तुम्हें ज़िंदगी-भर देखता रहूं। मैं सड़कों के कोनों पर खड़ा होकर, मीनार के ऊपर चढ़कर तुम्हें देखा करता था।

जब मुझे पता चला कि तुम जिप्सी हो तो फिर मुझे तुम पर कैसे शक न होता? एक बार बूनो द' स्त पर एक जादूगरनी ने जादू फेरा था। ब्रूनो ने उसे जिंदा जलवा दिया और वह फिर से स्वस्थ हो गया। मैंने भी यही करने का फैसला किया। पहले तो मैंने तुम्हारे चौराहे में आने पर पाबंदी लगवा दी, लेकिन तुम फिर वहां लौट आईं। फिर मैंने एक रात ज़बरदस्ती तुम्हें उठाने की कोशिश की। तुम हमारे हाथ आ ही गईं थीं कि वह कमबख्त अफसर वहां आ गया। मैंने तुम्हें गिरफ्तार करवा दिया। मेरा खयाल था कि कैद होने के बाद तुम पूरी तरह मेरी मुट्ठी में आ जाओगी। लेकिन मेरी किस्मत मुझसे ज़्यादा ताकतवर निकली।

एक दिन मेरे सामने से एक आदमी गुज़रा जो तुम्हारा नाम लेकर हंस रहा था। उसकी आंखों में वासना थी। मैंने उसका पीछा किया। उसके बाद जो हुआ वह तुम जानती हो।"

लड़की बोली, "फीबस।"

"खबरदार! जो तुमने यह नाम फिर लिया। इस आदमी ने हम दोनों की ज़िंदगी तबाह की है। मेरी आत्मा के भीतर भी अंधेरा है। जानती हो मुझे कितनी तकलीफ सहनी पड़ी है? तुम्हारे मुकदमे के वक्त मैं अदालत में मौजूद था। दरअसल मुजरिम मैं था। जब वे तुम्हें यंत्रणा देने के लिए तहखाने में ले गए थे, उस वक्त मैं भी तुम्हारे पीछे-पीछे गया था। मैंने तुम्हारा वह पैर देखा था जिसे एक बार चूमने के लिए मैं पूरा साम्राज्य भी न्योछावर कर सकता था। जब तुम्हारे पैर को शिकंजे में कसा गया तो मैंने छुरे की नोक से अपनी छाती चीर डाली। जब तुम

चिल्लाईं, तो मैंने नोक को और ज़्यादा भीतर चुभो दिया। देखो, अभी तक शायद खून बह रहा है।"

उसके सीने पर सचमुच एक बड़ा-सा जख्म था। ला इज़्मेराल्दा खौफ से पीछे हट गई।

पादरी ने कहा, "मुझ पर तरस खाओ। अगर कोई किसी औरत को दिलोजान से प्यार करे और यह महसूस करे कि उसकी खातिर अपनी जान और शोहरत कुर्बान कर सकता है और वह औरत किसी फ़ौजी की भड़कीली वर्दी पर फिदा हो तो उस आदमी को कितनी तकलीफ होती होगी। मुझ पर तरस खाओ। इन जलते हुए अंगारों पर राख डालो। मैं तुम्हारी मिन्नत करता हूं।"

पादरी पत्थर की सीढ़ियों पर बार-बार अपना सिर पटकने लगा।

ला इज़्मेराल्दा ने क्षीण स्वर में कहा, "हाय, मेरा फीबस।"

"मैं तुम्हारी मिन्नत करता हूं, मुझे मत ठुकराओ। तुम्हारे मुंह से इस नाम को सुनकर मुझे लगता है, जैसे कोई मेरे दिल को कुचल रहा हो। अगर तुम चाहो तो हम भागकर कहीं चले जाएंगे। किसी ऐसी जगह जहां धूप हो, पेड़ हों और नीला आसमान हो। मैं तुम्हें यहां से छुड़ा सकता हूं।"

लड़की एक भयंकर हंसी हंसते हुए बोली, "देखो पादरी, तुम्हारे हाथों में ख़ून लगा है।"

"कल तुम्हें प्लेस द' ग्रीव ले जाया जाएगा। मैं तुम्हें उस छकड़े में बैठा हुआ देखूंगा। मुझ पर तरस खाओ। मेरे साथ चलो। फिर तुम बेशक मुझसे नफ़रत करना। अपने-आपको बचाओ। मुझे बचाओ।" पादरी ने उसे अपनी तरफ खींचा।

"मेरे फीबस का क्या हुआ?"

"वह मर गया है। मेरे छुरे ने उसके सीने में काफ़ी गहरा घाव किया था।"

ला इज़्मेराल्दा क्रुद्ध शेरनी की तरह पादरी पर झपटी और उसे दूर धकेलकर बोली, "चले जाओ राक्षस! हत्यारे! मुझे मरने दो! मेरा और फीबस का ख़ून सदा के लिए तुम्हारे माथे पर कलंक का टीका बना रहेगा। मैं कभी तुम्हारी नहीं हो सकती।"

जाते वक्त पादरी ने क्रुद्ध और निराशा-भरे स्वर में कहा, "मैं फिर कहता हूं कि वह मर चुका है।"

ला इज़्मेराल्दा औंधे मुंह फर्श पर गिर पड़ी।

पांच

रोलां मीनार की संन्यासिन ने पहियों की आवाज़ें सुनीं, लेकिन उस तरफ कोई ध्यान नहीं दिया। उसकी बेटी का नन्हा जूता ही उसके लिए सारी दुनिया था। वह विलाप कर रही थी, "हे ईश्वर, तुमने अगर मेरी बेटी को छीन लेना ही था तो फिर उसे पैदा क्यों किया? इस जूते को पहननेवाला पैर कहां है? काश, मेरी बेटी मुझे एक दिन, एक घंटे या एक मिनट के लिए फिर मिल जाती!"

इसी वक्त उसे बच्चों की मासूम आवाज़ें सुनाई दीं। एक नन्हा लड़का कह रहा था, "आज जिप्सी लड़की को फांसी दी जाएगी।"

संन्यासिन खिड़की के पास आ गई। बाहर आर्चडेकन ऑफ जोसाज़ खड़ा था।

"फादर, आज किसे फांसी मिलनेवाली है?"

"मुझे नहीं मालूम।"

"अभी कुछ बच्चे कह रहे थे कि किसी ज़िप्सी लड़की को फांसी दी जा रही है। जिप्सियों ने ही मेरी बच्ची को खाया है। अगर इस लड़की

की मां ने मेरी बेटी को न खाया होता तो वह भी इतनी बड़ी होती। जब भी वह सांपिन यहां से गुज़रती है, मेरा ख़ून खौलने लगता है।"

संन्यासिन भूखे भेड़िये की तरह कोठरी में चक्कर काटने लगी।

छः

फीबस मरा नहीं था। उसका जख्म गहरा ज़रूर था, लेकिन इतना गहरा नहीं था, जैसाकि पादरी ने सोचा था। एक हफ्ते तक तो डॉक्टरों को भी उसके बचने की कम उम्मीद थी, लेकिन आखिर में कुदरत और जवानी की जीत हो गई। जब उसकी हालत कुछ सुधरी तो वह उठकर अपने घर चला गया। लेकिन मुकदमे की कार्यवाही पर इस बात का कुछ असर न पड़ा, क्योंकि क़ानून का असली मकसद उस जमाने में मुजरिम को फांसी के तख्ते पर भेजना ही होता था।

फीबस ने भी अदालत में अपनी शक्ल दिखाना मुनासिब नहीं समझा। उसे भी यकीन हो गया था कि इज़्मेराल्दा जादूगरनी है। वह चाहता था कि लोगों की जबान पर उसका नाम न आए। उस जमाने में अखबार नहीं थे, और पेरिस के लोग फांसियां देखने के इतने आदी हो गए थे कि उन्हें ऐसी घटनाओं पर ज़रा भी आश्चर्य नहीं होता था।

और फिर फीबस की मंगेतर ख़ूबसूरत थी और बहुत-सा दहेज भी ला रही थी। फीबस ने सोचा कि दो महीनों में किसी को जिप्सी लड़की का किस्सा याद नहीं रहेगा। वह अपनी मंगेतर से मिलने गया।

नोत्र दाम के गिरजे के सामने बड़ी भीड़ थी, उसने समझा कि किसी धार्मिक त्यौहार के लिए लोग जमा हुए होंगे। इसलिए उसने उनकी तरफ कोई ध्यान नहीं दिया।

'फ्लियुर द' लिस ने आसमानी रंग की पोशाक पहन रखी थी, जो सुनहरी बालों वाली लड़कियों पर बहुत खिलती है।

"तुम दो महीनों तक कहां गायब रहे?"

"गैरीसन में ड्यूटी देने के लिए मुझे बुलावा आया था और मैं बीमार था...और जख्मी हो गया था। एक लेफ्टीनेंट के साथ मैंने द्वंद्वयुद्ध लड़ा था।" कैप्टन को मालूम था कि द्वंद्वयुद्ध की बात करने से औरतों की नज़र में मर्दों की कीमत बढ़ जाती है। इसलिए उसने यह झूठ बोला था। अचानक उसने खिड़की के पास जाकर पूछा, आज चौराहे पर इतनी भीड़ क्यों है?"

"सुनते हैं कोई जादूगरनी गिरजे के सामने प्रायश्चित करनेवाली है।" उसकी मंगेतर ने कहा।

"उसने क्या जुर्म किया था?" कैप्टन ने पूछा।

"मैं नहीं जानती।" फ्लियुर द' लिस ने अपने कंधों को झटककर कहा।

फीबस वासना भरी दृष्टि से अपनी मंगेतर की तरफ देख रहा था।

"फीबस, तीन महीने बाद हमारी शादी होनेवाली है। कसम खाकर कहो कि तुमने मेरे सिवा किसी और औरत से प्यार नहीं किया।" फ्लियुर द' लिस ने कहा।

"मैं कसम खाता हूं।" हो सकता है कि उसे खुद अपने शब्दों की सचाई में यकीन हो गया हो।

जब फ्लियुर द' लिस की मां कमरे से बाहर चली गई तो फीबस के मन में फिर वासना उमड़ आई। उसकी मंगेतर उसके भावों को ताड़ गई और उठकर खिड़की के पास जा खड़ी हुई। फीबस ने पीछे से उसकी कमर को छू लिया।

इसी वक्त नोत्र दाम की घड़ी ने बारह बजाए। भीड़ में से आवाजें

उठीं, "लो, वह आ गई।"

एक छकड़ा चौराहे पर आकर खड़ा हुआ। उसके आसपास घुड़सवार अफसर चल रहे थे। छकड़े में एक लड़की बैठी थी, जिसके हाथ पीठ पर रस्सियों से बंधे थे। उसने अपने लंबे बालों से अपने कंधे और वक्ष को ढक लिया था। एक मोटा रस्सा उसकी गर्दन से लिपटा था। लगता था जैसे कोई केंचुआ किसी फूल के गिर्द लिपटा हो। उसके पैरों के पास उसकी बकरी बैठी थी, उसे भी रस्सियों से बांधा गया था।

फ्लियुर द' लिस ने उत्तेजित स्वर में कहा, "देखो! यह तो वही गंदी जिप्सी लड़की है।"

कैप्टन का चेहरा पीला पड़ गया।

"कौन-सी जिप्सी लड़की?" उसने थथलाकर पूछा।

"वाह! तुम्हें याद नहीं है? क्या तुम उसे देखकर घबरा गए हो?"

"नहीं तो। मैं बिलकुल नहीं घबराया।"

ला इज़्मेराल्दा इस अपमान और निराशा के बावजूद ख़ूबसूरत दिखाई दे रही थी। उसके गाल भीतर धंस गए थे, इससे उसकी काली आंखें पहले से भी ज़्यादा ख़ूबसूरत लग रही थीं। उसके चेहरे की पवित्रता और भी बढ़ गई थी।

गिरजे के विशाल द्वार खुले। भयभीत लड़की छकड़े पर से उतरी। उतरते वक्त उसने अस्फुट स्वर में कहा, "फीबस!"

उसके हाथों की रस्सियां खोल दी गईं और वह नंगे पैर चलकर गिरजे की सीढ़ी तक आई। उसके गले की रस्सी सांप की तरह उसके पीछे लटकती हुई आ रही थी।

एक क्षण बाद पादरियों का एक लंबा जलूस धार्मिक मंत्रों का उच्चारण करता हुआ उसकी तरफ बढ़ा। सबसे आगे चलनेवाला आर्चडेकन ऑफ जोसाज़ था। लड़की कांप उठी।

पादरी का चेहरा इतना पीला था कि कुछ दर्शकों ने सोचा कि संगमरमर की बनी बिशप की मूर्ति लड़की को कब्र तक लिवाने के लिए आई है।

लड़की के हाथ में मोम की एक भारी बत्ती रख दी गई। तब भी वह गुमसुम रही। प्रायश्चित के मंत्रों के उच्चारण के बाद जब उसे 'आमीन' कहने के लिए कहा गया तो उसने यंत्रवत् आज्ञा का पालन किया।

पादरी धीरे-धीरे उसकी तरफ बढ़ा। वह उसकी नग्नता को इस वक्त भी वासना-भरी दृष्टि से देख रहा था।

"लड़की, क्या तुमने अपने अपराधों और गलतियों के लिए ईश्वर से क्षमा मांग ली है?" फिर उसने लड़की के कानों में फुसफुसाकर कहा, "क्या तुम मेरी बनोगी? मैं अभी भी तुम्हें बचा सकता हूं।"

"चले जाओ यहां से राक्षस। वरना मैं तुम्हारा भंडाफोड़ कर दूंगी।"

पादरी के चेहरे पर एक भयंकर मुस्कराहट आ गई। "तुम्हारी बात पर कोई विश्वास नहीं करेगा। जल्दी जवाब दो। क्या तुम मेरी बनोगी?"

तुमने मेरे फीबस का क्या किया?"

"वह मर चुका है।"

इसी वक्त पादरी की नजर सामने की इमारत की बाल्कनी पर गई, जहां फीबस अपने मंगेतर के साथ खड़ा सारा दृश्य देख रहा था। पादरी का सिर चकराने लगा।

उसने दांत भींचकर कहा, "तो फिर जाओ मरो।" इसके बाद वह ऊंची आवाज़ में बोला, "ईश्वर तुम पर कृपा करे।"

इसी वक्त यक कारमोलू के इशारे पर जल्लाद के दो सहकारियों ने आकर फिर ला इज़्मेराल्दा के हाथ बांध दिए।

छकड़े में सवार होने से पहले उसके मन में ज़िंदा रहने की तीव्र आकांक्षा उठी। उसने आसमान की तरफ देखा, आसपास की इमारतों

की तरफ देखा और फिर वह ख़ुशी से चीख पड़ी। मकान की बाल्कनी में उसने फीबस को देखा। फीबस! तो पादरी ने झूठ बोला था।

"फीबस! मेरा फीबस!" वह जोर से चिल्लाई। प्यार और ख़ुशी से उसका शरीर कांप रहा था। वह अपनी बांहें फैलाना चाहती थी, लेकिन बांहें रस्सी से बंधी हुई थीं। फीबस के पास खड़ी एक ख़ूबसूरत लड़की ने क्रुद्ध दृष्टि से फीबस की ओर देखा और फीबस के माथे पर त्योरियां पड़ गईं। उसने लड़की के कान में कुछ कहा और दोनों बाल्कनी से चले गए।

"फीबस! क्या तुम भी इस झूठ में यकीन करते हो?" वह पागलों की तरह चिल्लाई और बेहोश होकर गिर पड़ी।

"इसे उठाकर छकड़े में ले जाओ।" एक कारमोलू ने कहा।

अभी तक किसी की दृष्टि गिरजाघर के मुख्य द्वार पर खड़े उस व्यक्ति की तरफ नहीं गई थी जो इस सारे दृश्य को ध्यानपूर्वक देख रहा था और जिसने एक स्तंभ से रस्सा बांध दिया था।

और अचानक जब जल्लाद के सहकारी अपना काम करने आए तो उस आदमी ने रस्से को पकड़ लिया और मुक्के मारकर दोनों आदमियों को गिरा दिया। फिर वह जिप्सी लड़की को एक हाथ में उठाकर गिरजे में इस तरह से ले भागा जैसे कोई बच्चा किसी गुड़िया को उठाता है। भीड़ जोर से चिल्ला उठी, "शरणागृह! शरणगृह!" लोगों ने जोर से तालियां बजाईं। आनंद और गर्व से कासीमोडो की आंखें चमक उठीं।

यक कारमोलू और जल्लाद स्तब्ध खड़े रहे। नोत्र दाम के भीतर से कैदी को कोई गिरफ्तार नहीं कर सकता था। यह गिरजा पवित्र स्थान था। इंसान को इंसाफ इसकी दहलीज के बाहर ही खत्म हो जाता था।

लड़की कासीमोडो की बांहों में बेहोश पड़ी थी। कासीमोडो इतनी सावधानी से उसे उठाए हुए था जैसे वह कोई टूटनेवाली चीज़ हो या फूल

की तरह मुरझा सकती हो। लगता था दुनिया में वही उसका एकमात्र खजाना था। कासीमोडो की आंखों में कोमलता, अवसाद और करुणा थी।

इस दृश्य को देखकर औरतें कभी रोती थीं कभी हंसती थीं, क्योंकि इस समय कासीमोडो के चेहरे से एक अद्भुत सौंदर्य झलक रहा था। वह अपने को शक्तिसंपन्न और वैभवशाली अनुभव कर रहा था और गर्व से उस समाज की ओर देख रहा था, जिसने उसे बहिष्कृत कर दिया था और जिसके न्याय-विधान में उसने दखल दिया था। उस अपाहिज ने सब सिपाहियों, जजों, जल्लादों और बादशाह की शक्ति को परास्त कर दिया था। दो अभिशप्त प्राणी एक-दूसरे के निकट आ गए थे।

ऊपर मीनार पर पहुंचकर उसने विजेता के स्वर में कहा, शरणगृह ! शरणगृह !" लोगों ने फिर तालियां बजाईं।

आठवां भाग

जिस वक्त यह घटना हुई उस वक्त पादरी क्लॉद फ्रोलो गिरजे में मौजूद नहीं था। उसने एक किश्ती में बैठकर नदी पार की, और फिर वह निरुद्देश्य भटकने लगा। उसे बार-बार उस अभागी लड़की का ध्यान आ रहा था, जिसे उसने नष्ट करवा दिया था। वह शपथों, सदाचार, विज्ञान और धर्म की निरर्थकता के बारे में सोच रहा था। उसने जब अपनी आत्मा की गहराई में झांककर देखा तो उसे एहसास हुआ कि उसका प्रेम भ्रष्ट था, और वह पादरी बनने के साथ-साथ राक्षस भी बन गया था। वह एक बदसूरत हंसी हंसा। वह फीबस के बारे में सोच रहा था, जिसने अपनी नई प्रेमिका के साथ अपनी पुरानी प्रेमिका को फांसी के तख्ते पर झूलते देखा था। वह सोच रहा था कि अगर वह पादरी न होता, अगर वह लड़की जिप्सी न होती और फीबस को न चाहती तो वह कितना सुखी होता।

इज़्मेराल्दा की याद उसके मन को कचोट रही थी। लेकिन उसे अपने किए पर अफसोस नहीं था। उसे फीबस क़ी बांहों में देखने की बजाय जल्लाद की बांहों में देखना पादरी के लिए कम तकलीफदेह था। फिर भी वह यह देखने के लिए अपने बाल नोच रहा था कि वे कहीं शोक से सफेद तो नहीं हो गए।

उसे इज़्मेराल्दा का वह रूप याद आया जब वह चौराहे पर नाच

रही थी; और उसी इज़्मेराल्दा की गर्दन में आज मोटा-सा रस्सा था और बदन पर केवल एक जांघिया था। वह सिसक उठा और ज़ोर से भागने लगा। कभी उसके मन में आता था कि वह अपना सिर धड़ से अलग करके धरती पर पटक दे।

सूर्यास्त के समय उसे लगा कि वह पागल हो गया है। सिर्फ़ दो तस्वीरें उसके दिमाग में चक्कर काट रही थीं। एक थी ला इज़्मेराल्दा की और दूसरी थी फांसी के तख्ते की।

रात होने पर जब वह पेरिस लौटा तो उसने एक सराय में अपने भाई जेहान को देखा जो एक वेश्या को चूम रहा था।

नोत्र दाम के सामने खड़ी फांसी की टिकटिकी को देखकर उसने सोचा, "क्या सचमुच आज सुबह उस लड़की को यहां फांसी दी गई थी? क्या यह मुमकिन हो सकता है ?"

आसमान में तारे चमक रहे थे। पादरी ने अपनी आंखें मूंद लीं और वह गिरजे के भीतर भागने लगा। उसे लगा जैसे सारा गिरजा कांप रहा हो। सहसा उसके घुटने कांपने लगे और वह पछाड़ खाकर ज़मीन पर गिर पड़ा। जब उसका मन कुछ सुस्थिर हुआ तो उसने फैसला किया कि वह अपने वफादार धर्मपुत्र कासीमोडो के कमरे में रात बिताएगा।

इसी वक्त गिरजे की घड़ी ने बारह बजाए। "उसकी लाश ठंडी हो चुकी होगी।" वह अपने-आपसे बोला।

दो

मध्ययुग में हर शहर में फांसी देने के जितने स्थान थे, उतने ही शरणस्थल भी थे। शाही महलों को और ख़ासकर गिरजाघरों को शरण

देने का अधिकार प्राप्त था। अक्सर स्थायी रूप से पूरे-के-पूरे शहर को भी यह अधिकार दे दिया जाता था। 1467 में ग्यारहवें लुई ने पेरिस को यह अधिकार प्रदान किया था।

शरणस्थान में अपराधी सुरक्षित रहता था, लेकिन एक भी कदम बाहर निकालने पर उसे फिर पकड़ लिया जाता था। शरणस्थल के आसपास फांसी के तख्ते और मौत के दूसरे यंत्र अपने शिकार के इंतज़ार में सजग खड़े रहते थे। कुछ आदमी और औरतें तो किसी महल के जीने में, किसी बाग में या किसी गिरजाघर के पोर्च में पूरी ज़िंदगी गुजार देते थे। एक अर्थ में शरणस्थल भी जेल ही था।

कई बार पार्लियामेंट की विशेष आज्ञा से अपराधी को शरणस्थल से निकालकर जल्लाद के हवाले कर दिया जाता था, लेकिन ऐसा बहुत कम होता था, क्योंकि पार्लियामेंट भी पादरियों से डरती थी। शरणस्थल को इतना पवित्र माना जाता था कि किंवदंतियों के अनुसार जानवर भी वहां आने से डरते थे। एक किंवदंती के अनुसार जब एक बारहसिंगे ने संत देनिस की समाधि में शरण ली तो शिकारी कुत्ते बाहर रुक गए।

नोत्र दाम में शरण लेनेवालों के लिए एक खास कोठरी बनाई गई थी। कासीमोडो ने ला इज़्मेराल्दा को यहीं लाकर रखा था। कासीमोडो की कठोर आवाज और ऊंची हंसी सुनकर ला इज़्मेराल्दा ने आंखें खोल दीं। उसे लगा कि उसे फांसी दी जा चुकी है और एक यमदूत उसे उठाए ले जा रहा है। फिर उसे याद आया कि वह नोत्रदाम में है, फीबस अभी भी जिंदा है और अब उसे प्यार नहीं करता। उसने कासीमोडो से पूछा, "तुमने मुझे क्यों बचाया?" कासीमोडो ने आकुल भाव से उसकी तरफ देखा, मानो वह यह अंदाज लगा रहा हो कि इज़्मेराल्दा ने उससे क्या कहा था। इज़्मेराल्दा ने अपना सवाल दुहराया। कासीमोडो ने उदास नज़रों से उसकी तरफ देखा और वहां से चला गया। इज़्मेराल्दा चकित रह गई।

कुछ देर बाद कासीमोडो लौट आया और उसने कोई चीज इज़्मेराल्दा के पैरों के पास फेंकी। यह कपड़ों की एक गठरी थी, जिसे दानी औरतें गिरजाघर की दहलीज पर छोड़ गई थीं। जब इज़्मेराल्दा ने अपने अर्धनग्न शरीर को देखा तो शर्म से उसका चेहरा लाल हो गया। कासीमोडो को भी इस बात का एहसास हुआ और उसने हाथ से अपनी आंख को ढंक लिया और वहां से चला गया।

इज़्मेराल्दा ने सफेद पोशाक पहन ली। कासीमोडो एक हाथ में टोकरी और दूसरे हाथ में एक गद्दा लेकर आया। टोकरी में खाने-पीने की चीजें थीं। उसने टोकरी फर्श पर रखकर कहा, "खाओ," और गद्दा बिछाकर कहा, "सो जाओ।" वह इज़्मेराल्दा के लिए अपने हिस्से का खाना और अपना गद्दा लेकर आया था।

इज़्मेराल्दा ने उसकी खौफनाक सूरत को देखकर नज़रें झुका लीं। कासीमोडो ने कहा, "मुझे देखकर तुम डर जाती हो न? मैं बहुत बदसूरत हूँ। मेरी तरफ मत देखो। और सुनो, दिनभर तुम यहीं रहा करो। रात को तुम गिरजे के किसी हिस्से में भी जा सकती हो। लेकिन कभी गिरजे से बाहर कदम न रखना, वरना वे तुम्हें मार डालेंगे और मैं भी मर जाऊंगा।"

इन शब्दों से इज़्मेराल्दा का दिल पिघल गया। उसने जवाब देने के लिए नज़रें उठाईं लेकिन कासीमोडो गायब हो गया था।

इज़्मेराल्दा ने मीनार से पेरिस की उन असंख्य चिमनियों को देखा जिनमें से धुआं निकल रहा था। वह अभागी बे-घरबार लड़की, जिसे मौत की सजा मिली थी, अब दुनिया में अकेली थी।

अचानक उसे अपने हाथों में किसी के बालों को स्पर्श अनुभव हुआ। यह उसकी बकरी जाली थी। "ओह जाली ! मैं तुम्हें भूल गई थी, लेकिन तुम अभी भी मेरे बारे में सोच रही हो। तुम कृतघ्न नहीं हो।" यह कहकर ला इज़्मेराल्दा रोने लगी और आंसुओं के साथ-साथ उसके

अवसाद की कड़वाहट और तीव्रता भी बह निकली।

तीन

अगले दिन जब उसकी नींद खुली तो उसे देखकर आश्चर्य हुआ कि वह इतनी देरं तक कैसे सोई रही थी। उसके चेहरे पर धूप आ गई थी। खिड़की पर बैठे कासीमोडो को देखकर उसने हठात् आंखें मूंद लीं। कासीमोडो ने कोमल स्वर में कहा, "डरो मत। मैं तुम्हारा दोस्त हूं। जब तुम्हारी आंखें बंद हों, तब तो मैं यहां आ सकता हूं न? अब मैं यहां से जा रहा हूं...लो मैं दीवार के पीछे चला गया हूं। अब तुम बेशक आंखें खोल लो।"

इज़्मेराल्दा ने आंखें खोलीं और धीरे से कहा, "इधर आओ।" कासीमोडो ने समझा कि वह उसे वहां से चले जाने के लिए कह रही है। उसने अपना सिर झुका लिया। इज़्मेराल्दा भागकर उसके पास गई और उसकी बांह पकड़ ली। कासीमोडो के शरीर में कंपकंपी दौड़ गई। जब उसने देखा कि इज़्मेराल्दा उसे अपने नजदीक बुला रही है तो उसके चेहरे पर आनंद और कोमलता झलक उठी। इज़्मेराल्दा ने उसे अपनी कोठरी में ले जाने की बहुत कोशिश की, लेकिन कासीमोडो ने दहलीज के भीतर जाने से इनकार कर दिया। "नहीं, नहीं, उल्लू कभी लवा के घोंसले में नहीं जाता।"

इज़्मेराल्दा गद्दे पर बैठ गई और गौर से कासीमोडो की बदसूरती को देखने लगी। वह इज़्मेराल्दा की ख़ूबसूरती को देख रहा था।

कासीमोडो ने कहा, "मैं बहरा हूं। मुझे भगवान ने ऐसा ही बनाया है। तुम कितनी ख़ूबसूरत हो।" उसकी आवाज में दर्द था। "मुझे अपनी

बदसूरती का असली एहसास अब हुआ है, जब मैंने तुम्हारे मुकाबले में अपने को देखा है। तुम ज़रूर मुझे कोई जानवर समझती होओगी। तुम सूरज की किरण हो, ओस की बूंद हो, पक्षी का गीत हो। मैं बहरा हूं, लेकिन तुम इशारों से मुझे अपनी बात समझा सकती हो। मेरा एक मालिक है, वह भी मुझसे इशारों में बात करता है। तुम्हारे ओंठों की हरकत और आंखों के भाव से समझ जाऊंगा कि तुम क्या कहना चाहती हो।"

"अच्छा तो बताओ, तुमने मुझे क्यों बचाया?" इज़्मेराल्दा ने मुस्कराकर पूछा।

"मैंने तुम्हें क्यों बचाया? तुम उस बदमाश को भूल गई हो, जिसने एक रात तुम्हें उठाने की कोशिश की थी; अगले दिन तुमने उस पर तरस दिखाया था और उसे पानी पिलाया था। तुम्हारे इस एहसान का बदला मैं अपनी जान देकर भी नहीं चुका सकता।" उसकी आंख में एक आंसू झलक रहा था।

"सुनो! गिरजे की मीनार बहुत ऊंची है। अगर कभी तुम चाहोगी कि मैं मीनार से कूद पड़ूं तो तुम्हें कुछ कहने की ज़रूरत नहीं पड़ेगी। तुम्हारी आंखों का एक इशारा ही क़ाफ़ी है।" यह कहकर वह उठ खड़ा हुआ। इज़्मेराल्दा ने उसे रुकने का इशारा किया। "नहीं, जब तुम मुझे देखती हो तो मैं बेचैन हो जाता हूं। सिर्फ़ दया के कारण तुम नज़रें नहीं फेरतीं। मैं ऐसी जगह जा रहा हूं जहां से मैं तुम्हें देख सकूंगा, लेकिन तुम मुझे नहीं देख सकोगी। यह बेहतर होगा।"

उसने अपनी जेब से एक सीटी निकालकर इज़्मेराल्दा को दी। "जब कभी तुम्हें मेरी ज़रूरत पड़े तो यह सीटी बजा देना। मैं सिर्फ़ यही आवाज सुन सकता हूं।"

चार

धीरे-धीरे इज़्मेराल्दा की आत्मा की शांति लौटने लगी। आनंद के अतिरेक की तरह शोक का अतिरेक भी तीव्र होता है, इसलिए जल्द ही खत्म हो जाता है।

लेकिन अभी भी वह मानव समाज से बहिष्कृत थी और उसे लगता था कि शायद वह फिर कभी उस समाज में कदम नहीं रख सकेगी। वह उस मरी हुई औरत की तरह थी जिसके पास अपनी कब्र की चाबी थी।

फीबस की स्मृति उसके लिए सुखद थी। फीबस ने कैसे सोच लिया कि इज़्मेराल्दा ने उसकी हत्या की थी, जबकि उसकी खातिर वह अपनी ज़िंदगी तक कुर्बान कर सकती थी। लेकिन सारा कसूर उसी का था। उसने क्यों अपना जुर्म क़बूल कर लिया था? इससे तो अच्छा होता अगर वे उसकी उंगलियों के नाखून मांस से अलग कर देते। फिर फीबस की गलतफहमी ज़रूर दूर हो जाती और वह उसके पास लौट आता। उस दिन फीबस के साथ जो लड़की बाल्कनी में खड़ी थी. वह ज़रूर फीबस की बहन होगी। फीबस सिर्फ़ उसी को चाहता है। क्या फीबस ने प्यार की कसम नहीं खाई थी? इज़्मेराल्दा के मन में आशा का अंकुर फटा। उसकी पुरानी ख़ूबसूरती और उल्लास भी लौट आया।

जब कभी उसे फीबस की याद से अवकाश मिलता, तो वह कासीमोडो के बारे में सोचती थी। उसके और बाहरी दुनिया के बीच संपर्क का वही एकमात्र माध्यम था। कासीमोडो जब उसके लिए भोजन और पानी लेकर आता, तो वह पूरी कोशिश करती थी कि वह अपने चेहरे के भाव या किसी इशारे से अपने खौफ को जाहिर न होने दे। लेकिन कासीमोडो ऐसे भावों को फौरन ताड़ लेता था और उदास होकर वहां से चला जाता था।

एक दिन जब ला इज़्मेराल्दा जाली को दुलार से सहला रही थी, तो कासीमोडो ने कहा, "मेरी बदकिस्मती है कि अभी मेरी शक्ल-सूरत इंसानों से मिलती-जुलती है। अगर इस बकरी की तरह मैं भी जानवर होता, तो कितना अच्छा होता।"

एक बार इज़्मेराल्दा एक पुराना स्पेनिश गीत गा रही थी। जब वह बच्ची थी, तो जिप्सी उसे सुलाने के लिए यह गीत गाया करते थे। अचानक कासीमोडो को देखकर उसने गीत बंद कर दिया। कासीमोडो दरवाजे में घुटने टेककर बैठ गया और दुखी स्वर में बोला, "अपना गीत जारी रखो। मुझे यहां से मत भगाओ।"

एक दिन इज़्मेराल्दा छत पर खड़ी नीचे चौराहे की तरफ देख रही थी, अचानक उसकी आंखों में खुशी के आंसू उमड़ आए। वह बांहें फैलाकर चिल्लाई, "फीबस! फीबस! मेरे पास आओ ईश्वर के लिए मेरी बात सुनो।"

कासीमोडो ने देखा कि एक ख़ूबसूरत नौजवान, जिसने शानदार वर्दी पहन रखी थी, सामने के मकान की बालकनी में खड़ी लड़की को सैल्यूट कर रहा था। उसे इज़्मेराल्दा की आवाज सुनाई नहीं दी।

कासीमोडो ने एक सर्द आह भरी और अपने माथे पर मुक्का दे मारा। फिर उसने धीरे-से इज़्मेराल्दा की आस्तीन खींचकर पूछा, "क्या मैं नौजवान को तुम्हारे पास ले आऊं?"

इज़्मेराल्दा खुशी से उछल पड़ी, "हां! जाओ! उसे यहां ले आओ।"

कासीमोडो सिसकियां भरता हुआ जीने से नीचे उतरने लगा।

फीबस की मंगेतर के घर में शादी की तैयारियां हो रही थीं। कासीमोडो घर के बाहर खड़ा रहा और रात होने तक इज़्मेराल्दा भी मीनार पर ही खड़ी रही।

फ्लियुर द' लिस के मकान में बत्तियां जल रही थीं। भीतर से संगीत, हंसी और आमोद-प्रमोद की आवाजें सुनाई दे रही थीं।

एक बजे के बाद बालकनी का दरवाजा खुला। एक आदमी और एक औरत निकलकर बाहर आए। कासीमोडो ने उस आदमी को पहचान लिया। वह कैप्टन फीबस था, जो अपनी मंगेतर से प्रेमालाप कर रहा था।

कासीमोडो चुपचाप खड़ा इस दृश्य को देखता रहा। वह बहरा ज़रूर था, लेकिन अन्य पुरुषों की तरह उसके मन में भी कोमल भावनाएं उठती थीं। लेकिन वह हमेशा दूसरों के सुख का दर्शकमात्र रहता था। इस वक्त वह सोच रहा था कि अगर इज़्मेराल्दा उस दृश्य को देखती तो उसे कितना दुख होता।

जब कैप्टन घोड़े पर सवार हो गया तो कासीमोडो ने पीछे से उसे आवाज दी, "कैप्टन! कैप्टन! मेरे पीछे-पीछे आओ। कोई औरत तुमसे बात करना चाहती है। वह तुम्हें प्यार करती है।"

"कैसा अजीब आदमी है।" फीबस ने कहा। "यह समझता है कि ऐसी हर औरत से मिलना मेरा फर्ज है जो मुझे चाहती है। कहीं उसकी शक्ल तुम्हारे जैसी हुई तब! जाकर उसे कह दो कि मेरी शादी होनेवाली है और वह जहन्नुम में जाए।"

"जनाब सुनिए! वह जिप्सी लड़की है।"

"जिप्सी लड़की! क्या तुम परलोक से आए हो?" कैप्टन ने भयभीत होकर छुरे की मुंठ पर हाथ रखा।

"आप खुशकिस्मत हैं। आपको कोई प्यार करता है। जल्दी चलिए।" कासीमोडो ने कहा।

फीबस ने जोर से उसके सीने पर मुक्का मारा और वहां से चला गया।

नोत्र दाम पहुंचकर कासीमोडो ने लैंप जलाया और ऊपर मीनार पर पहुंचा। उसे देखते ही इज़्मेराल्दा भागी हुई आई, "तुम अकेले आए हो?"

"मुझे वह मिला नहीं।" कासीमोडो ने सर्द आवाज में कहा।

"यहां से चले जाओ।"

उस दिन के बाद से कासीमोडो ने इज़्मेराल्दा की कोठरी में आना बंद कर दिया, लेकिन जब वह सोई रहती थी तो वह खाने-पीने का सामान खिड़की पर रख जाता था। एक दिन सुबह इज़्मेराल्दा ने खिड़की पर एक पिंजरा रखा देखा, जिसमें पक्षी थे। शाम के वक्त घंटियोंवाले मीनार से किसी के उदास गीत के स्वर सुनाई देते थे, लगता था कि इज़्मेराल्दा को सुलाने के लिए यह गीत गाया जाता था।

एक रात जब वह अपने ख़ूबसूरत फीबस के बारे में सोच रही थी, तो उसे अपनी कोठरी के बाहर किसी की आह सुनाई दी। उसने देखा बाहर चांदनी रात में पत्थर के फर्श पर कासीमोडो सो रहा था।

पांच

जब पादरी को पता चला कि इज़्मेराल्दा जिंदा है, और फीबस भी नहीं मरा, तो उसकी मानसिक वेदना फिर ताजी हो गई। इससे पहले उसने किसी तरह अपने मन को सांत्वना दे ली थी। लेकिन अब वह हर वक्त अपनी कोठरी में बंद रहता था और बिशप से भी नहीं मिलता था। इसी तरह कई हफ्ते बीत गए। लोगों का खयाल था कि वह बीमार है, और दरअसल वह बीमार था भी।

उसका लाडला भाई जेहान वहां आया। उसने कई बार दरवाजा खटखटाया, लेकिन पादरी ने दरवाजा नहीं खोला। दिन-भर वह खिड़की में से इज़्मेराल्दा की कोठरी की तरफ देखा करता था। उसने देखा कि

बदसूरत कासीमोडो उस लड़की की हर आज्ञा का पालन करता है। वह सोचने लगा कि आखिर किस उद्देश्य से कासीमोडो ने उस लड़की की जान बचाई थी। उसने सोचा, औरतों की रुचि भी निराली होती है। इसके बाद से उसके मन में एक अजीब किस्म की ईर्ष्या पैदा हुई, जिसकी कि उसे कभी उम्मीद नहीं थी।

उसे रात के वक्त नींद नहीं आती थी। उसकी सोई वासना फिर जाग उठी थी। काले बालोंवाली लड़की के सामीप्य के विचारमात्र से वह बिस्तर पर बेचैनी से करवटें बदलता रहता था। उसे वह क्षण याद आता था, जब उसने तीव्र उन्माद में आकर लड़की के ओंठों को चूम लिया था। उसे लोहे के शिकंजे में जकड़े उसके सुडौल पैर की भी याद आती थी—इन स्मृतियों से उसका सारा शरीर कांप उठता था।

एक रात पादरी के ख़ून में इतना उन्माद आया कि उसने अपने तकिये को दांतों से काटा, उठकर अपना चोगा पहना और हाथ में लैंप लेकर इज़्मेराल्दा की कोठरी की तरफ चल पड़ा। मीनारों की चाबी हर वक्त उसके पास रहती थी।

छः

उस रात ला इज़्मेराल्दा सुखद नींद में सोई थी और हमेशा की तरह फीबस के सपने देख रही थी। जरा-सी आवाज सुनकर उसकी नींद उचट जाती थी। किसी के कदमों की आहट सुनकर उसने आंखें खोलीं। आगंतुक ने फौरन लैंप बुझा दिया। ला इज़्मेराल्दा क्षीण स्वर में बोली, "पादरी।"

अगले ही क्षण उसे किसी का स्पर्श महसूस हुआ। पादरी आकर उसकी बगल में लेट गया था और उसे अपनी बांहों में समेट रहा था। इज़्मेराल्दा उठकर बैठ गई और गुस्से से कांपती आवाज में बोली, "राक्षस! हत्यारा! यहां से चला जा।"

"सुनो! सुनो! तुम नहीं जानतीं, मेरा प्यार पिघले हुए सीसे की तरह है। वह हज़ारों छुरों की तरह मेरे दिल में चुभता है।" पादरी ने कहा। वह पागलों की तरह इज़्मेराल्दा के कंधों को चूम रहा था।

"मुझे जाने दो, वरना मैं तुम्हारे चेहरे पर थूक दूंगी।"

"मुझ पर दया करो। मुझसे प्यार करो।" पादरी ने उसे अपने बाहुपाश में जकड़ लिया।

"बचाओ! बचाओ!" इज़्मेराल्दा चिल्लाई। बकरी उसकी आवाज सुनकर दुखी स्वर में मिमियाने लगी।

"खामोश!" पादरी ने हांफते हुए कहा।

अचानक लड़की का हाथ कासीमोडो की दी हुई सीटी पर जा पड़ा। उसने पूरी ताकत से सीटी बजाई।

इसी वक्त किसी ने आकर अपनी ताकतवर बांहों में पादरी को उठा लिया। अंधेरे में किसी के दांत किटकिटाने की आवाज सुनाई दी।

पादरी समझ गया कि वह कासीमोडो ही था। उसके हाथ में एक नंगी तलवार चमक रही थी।

कासीमोडो ने पादरी को जोर से फर्श पर पटक दिया और तलवार ऊपर उठाई। फिर उसने पादरी को एक पैर से पकड़कर घसीटना शुरू किया। अचानक चांद की रोशनी पादरी के चेहरे पर पड़ी। कासीमोडो ने उसकी तरफ देखा। वह कांप उठा और वहां से हट गया।

ला इज़्मेराल्दा सारा दृश्य देख रही थी। उसने देखा कि अब पादरी कासीमोडो

कासीमोडो घुटने टेककर इज़्मेराल्दा की कोठरी के बाहर बैठ गया और उसने बेबसी की आवाज में कहा, "मालिक, पहले मुझे खत्म कर दो, फिर जो मन में आए सो करना।" उसने अपनी तलवार पादरी की ओर बढ़ा दी। इज़्मेराल्दा ने कासीमोडो के हाथ से तलवार छीन ली और पादरी से कहा, "इधर आओ।"

तलवार देखकर पादरी डर गया। लड़की बोली, "अब मेरे नजदीक आने में तुम्हें डर लगता है बुज़दिल! मुझे पता है कि फीबस ज़िंदा है।"

पादरी ने कासीमोडो को ठोकर मारी और जीने की तरफ चला गया। कोठरी में आकर वह बड़बड़ाया, "मैं उसे किसी की नहीं होने दूंगा।" उसे कासीमोडो से ईर्ष्या होने लगी थी।

नवां भाग

इन आतंकपूर्ण घटनाओं को देखकर ग्रिंगोयर के मन में विरक्ति पैदा हो गई। लेकिन उसके दूसरे साथी अभी भी जिप्सी लड़की में दिलचस्पी ले रहे थे। उन्हीं से उसे पता चला था कि उसकी बीवी अभी जिंदा है और उसने नोत्र दाम में शरण ली है। वह बड़ा खुश हुआ, लेकिन नोत्र दाम में जाकर इज़्मेराल्दा से मिलने का साहस उसमें नहीं था।

एक दिन किसी ने पीछे से उसके कंधे पर हाथ रखा। उसने मुड़कर देखा। यह उसका पुराना दोस्त और भूतपूर्व स्वामी आर्चडेकन ऑफ जोसाज़ था। बहुत दिनों से दोनों की मुलाकात नहीं हुई थी। हालचाल जानने के बाद उसने पूछा, "आजकल तुम्हारी आमदनी का जरिया क्या है?"

"मैं अभी भी महाकाव्य और ट्रेजेडियां लिखता हूं, लेकिन दांतों से कुर्सियां उठाने का खेल दिखाकर गुज़ारा करता हूं।"

"तुम गरीब हो न?"

"गरीब तो हूं लेकिन दुखी नहीं हूं।"

इस वक्त कुछ फ़ौजी कवायद करते हुए वहां से निकले।

"आप उस अफसर की तरफ इतने अजीब ढंग से क्यों देख रहे हैं?" ग्रिंगोयर ने पूछा।

"मैं उसे जानता हूं। मेरे साथ चलो। मुझे तुमसे कुछ कहना है। तुम्हारे खयाल में इन सिपाहियों की पोशाक हम दोनों की पोशाकों से ज़्यादा बढ़िया नहीं है? क्या कभी तुम्हें इन ख़ूबसूरत फ़ौजियों से ईर्ष्या नहीं हुई?"

"नहीं। मुझे अपनी फिलॉसफी और आजादी ज़्यादा पसंद है।"

"उस जिप्सी लड़की का क्या हुआ? वह तुम्हारी बीवी थी न।" पादरी ने पूछा।

"मैं उसके बारे में ज़्यादा नहीं सोचता। मुझे किसी ने बताया था कि उसने नोत्र दाम में शरण ली है और वह वहां पर सही-सलामत है।"

"यह तो सही है, लेकिन तीन दिन बाद उसे फिर गिरफ्तार

कर लिया जाएगा और प्लेस द' ग्रीव में फांसी दी जाएगी। पार्लियामेंट ने उसकी गिरफ्तारी का हुक्म दे दिया है।"

"यह तो बड़ी शर्मनाक बात है। अगर कोई गरीब लड़की चिड़ियों के घोंसलों तले शरण लेती है तो किसी का क्या बिगड़ता है? किस शैतान ने यह हुक्म जारी करवाया है?"

दुनिया में शैतान मौजूद हैं।" पादरी ने कहा, "एक बार उसने तुम्हारी जान बचाई थी। क्या तुम उसे नहीं बचाना चाहोगे?"

"यह कैसे संभव हो सकता है?"

"मैं तुम्हें उसके पास ले चलूंगा। तुम उसके कपड़े पहन लेना और वह तुम्हारे कपड़े पहनकर बाहर आ जाएगी। तुम्हें चाहे फांसी लग जाए, लेकिन उसकी जान बच जाएगी।"

"मैं जिंदा रहना चाहता हूं।"

"किसलिए?"

"वाह, हवा की खातिर, आसमान, चांदनी रात, दोस्तों और पेरिस की सुंदर स्थापत्यकला के अध्ययन की खातिर।"

"अहमक कहीं के! तुम चाहते हो कि वह नेक ख़ूबसूरत लड़की

मर जाए, जो ईश्वर से भी अधिक अलौकिक है? उसने तुम्हारे सामने एक मिसाल पेश की है। अब तुम्हें सहृदयता दिखानी चाहिए।"

पादरी के शब्दों का ग्रिंगोयर पर भारी असर पड़ा। उसने उदास स्वर में कहा, "आखिर मौत क्या चीज है?"

"अच्छी बात है। कल रात तुम गिरजे में आना। गुडबाई।"

लेकिन थोड़ी दूर जाकर ग्रिंगोयर फिर लौट आया, "मुझे एक नई तरकीब सूझी है। मेरे जिप्सी साथी बहादुर हैं। इज़्मेराल्दा को बचाने की खातिर वे कुछ भी कर सकते हैं।" उसने कहा।

फिर उसने पादरी के कानों में फुसफुसाकर कुछ कहा।

दो

जब पादरी गिरजे में लौटा तो वहां उसका भाई जेहान उसका इंतज़ार कर रहा था। उसने दीवार पर कोयले से भाई की तस्वीर बनाई थी, जिसमें नाक बहुत लंबी दिखाई गई थी। जेहान ने कहा, "भाई साहब! आप मुझे हमेशा नेक सलाहें देते हैं। इसलिए मैं बार-बार आपके पास आता हूं।"

"कहो क्या काम है?"

"आप ठीक ही कहते थे, 'जेहान, पढ़ने में मन लगाओ।' 'जेहान, अपने अध्यापकों की इजाज़त के बगैर रात को बाहर मत जाया करो।' 'जेहान, रोज शाम को गिरजे में जाकर गीत गाया करो।' आपने कितनी नेक सलाहें दी थीं।"

"कहे जाओ।"

"मैंने सारा पैसा बेवकूफी और शराबखोरी में गंवा दिया है। अब

मेरे पास फूटी कौड़ी भी नहीं है। मैं अपना मेजपोश, कमीज और तौलिया तक बेच चुका हूं। अब मैं सिर्फ़ पानी पीता हूं। लेनदार हर वक्त मुझे घेरे रहते हैं।"

"कहे जाओ।"

"भाई साहब, मैं अब नए सिरे से ज़िंदगी शुरू करना चाहता हूं। मैं अपने पापों को स्वीकार करता हूं। आप मुझे पादरी बनाना चाहते थे। मैं भी उसी पेशे में जाना चाहता हूं, लेकिन मेरे पास स्याही, कागज, कलम कुछ नहीं है। इन चीजों को खरीदने के लिए पैसा चाहिए।"

"मेरे पास पैसा नहीं है।"

"तो फिर मैं आवारागर्द बन जाऊंगा।"

"बन जाओ।"

जेहान सीटी बजाता हुआ बाहर जाने लगा।

इसी वक्त पादरी ने खिड़की खोली और अपना बटुआ जेहान के सिर पर दे मारा, "लो जहन्नुम में जाओ।" जेहान को गुस्सा भी आया और खुशी भी हुई, ठीक उसी तरह जैसे किसी कुत्ते पर हड्डियां फेंकी जाएं।

तीन

पाठक उस मुहल्ले को नहीं भूले होंगे, जहां लुच्चे, लफंगे रहते थे। आज उनके शराबखाने में कुछ ज़्यादा शोर-शराबा था। लगता था जैसे किसी बड़ी साजिश की तैयारियां हो रही थीं। कुछ बदमाश फर्श पर जंग-लगी लोहे की फालें तेज कर रहे थे। हर आदमी के हाथ में कोई-न-कोई हथियार ज़रूर था। चिथड़ेनुमा पोशाकों में 'मिस्र और बोहीमिया के ड्यूक' भी वहां मौजूद थे और लोगों को जादू

की तालीम दे रहे थे। कोर्ट ऑफ मिरेकल्ज के बादशाह क्लोपां त्रोलेफू के आसपास भी लोगों की भीड़ जमा थी। वह एक बड़े पीपे में से निकालकर लोगों में कुल्हाड़ियां, तीर-कमान और भाले इस तरह बांट रहा था जैसे वे सेब या अंगूर हों। छोटे बच्चों और अपाहिजों को भी हथियार मिले। किसी कोने में जुआ खेला जा रहा था, कहीं लड़ाई-झगड़ा हो रहा था और कहीं चूमा-चाटी हो रही थी। बीचोबीच आग जल रही थी। पियर एक बेंच पर बैठा आग की तरफ देख रहा था।

"जल्दी करो। हथियार ले लो। एक घंटे बाद हम मार्च करेंगे।" क्लोपां त्रोलेफू ने अपनी प्रजा से कहा।

एक नौजवान चिल्ला रहा था, "ईसामसीह के पेट की कसम, आज मैं लफंगा बन गया हूं। मुझे और शराब दो। दोस्तो, मेरा नाम जेहान फ्रोलो है। मेरा खयाल है कि अगर ईश्वर सिपाही होता तो वह लूटमार करने का कोई मौका हाथ से न जाने देता। भाइयो, हम परोपकार के अभियान पर जा रहे हैं। हम गिरजे को घेर लेंगे, दरवाजे तोड़कर उस ख़ूबसूरत लड़की को बाहर निकाल लेंगे और उसे जजों और पादरियों के चंगुल से छुड़ा लेंगे—वे सारे काम हम पलक झपकते ही कर डालेंगे। हमारा मकसद नेक है और हम नोत्र दाम को लूटेंगे और कासीमोडो को फांसी लगा देंगे।

सुनो दोस्तो, मैं आत्मा से लफंगा हूं। मेरी मां चाहती थीं कि मैं अफसर बनूं। मेरे पिता मुझे छोटा पादरी बनाना चाहते थे, लेकिन मैं लफंगा बन गया।"

लोगों ने इस बात पर खूब तालियां बजाईं। एक जिप्सी ने कहा, "बेचारी ला इज़्मेराल्दा! वह हमारी बहन है। हमें उसे बचाना चाहिए।"

"क्या वह अभी तक नोत्र दाम में है?" एक फेरीवाले ने पूछा।

"हां।"

"तो चलो साथियो, नोत्र दाम चलें। वहां सोने की बनी दो मूर्तियां हैं, और मैं पेशे से सुनार हूं।"

क्लोपां त्रोलेफू ने आकर ग्रिंगोयर से पूछा, "जानते हो क्या वक्त हुआ है?"

"नहीं।"

त्रोलेफू ने मिस्र के ड्यूक से कहा, "सुना है कि बादशाह लुई इस वक्त पेरिस में है।"

"तब तो हमें अपनी बहन को उसके पंजों से ज़रूर छुड़ाना चाहिए।"

"हमें कोई दिक्कत नहीं होगी। पादरी खरगोशों की तरह डरपोक है और हमारी फ़ौज की तादाद काफ़ी होगी। कल सुबह जब पार्लियामेंट के अफसर इज़्मेराल्दा को गिरफ्तार करने के लिए आएंगे, तो उन्हें बहुत हैरानी होगी। हम उन्हें ऐसी ख़ूबसूरत लड़की को फांसी नहीं लगाने देंगे। ईश्वर की कसम!" यह कहकर वह बाहर चला गया और थोड़ी देर बाद लौटकर जोर से गरज उठा, "आधी रात हो गई है।" सब मर्द, औरतें और बच्चे हथियार लेकर निकल पड़े।

"जब तक हम नोत्र दाम नहीं पहुंचते, कोई अपनी मशाल न जलाए, फॉरवर्ड मार्च!"

चार

कासीमोडो को अभी नींद नहीं आई थी। उसका ध्यान इस बात की तरफ नहीं गया था कि कुछ देर पहले पादरी ने बड़ी सतर्कता से लोहे की सलाखोंवाले दरवाजों को बंद किया था। आज पादरी का

मिजाज बहुत चिड़चिड़ा था और जिस रात ला इज़्मेराल्दा की कोठरी में वह दुर्घटना हुई थी, तब से पादरी कासीमोडो के प्रति कठोर व्यवहार करने लगा था। लेकिन कासीमोडो बिना किसी गुस्से या शिकायत के अपमान, धमकियां और मारपीट सहता था।

कासीमोडो उत्तरी मीनार पर चढ़कर अंधेरी रात में पेरिस शहर को देखने लगा। एक अज्ञात आशंका से उसका दिल सहम गया। कई दिनों से वह सतर्क था। उसने गिरजाघर के आसपास दुष्ट चेहरोंवाले कई व्यक्तियों को मंडराते हुए देखा था और उसे शक हुआ था कि शायद ला इज़्मेराल्दा के खिलाफ कोई साजिश की जा रही थी। अचानक उसे नदी के किनारेवाली सड़क पर लोगों की एक लंबी कतार दिखाई दी, जो नोत्र दाम की तरफ बढ़ रही थी। उसे लगा कि ज़रूर कोई-न-कोई खौफनाक घटना घटनेवाली है। वह सोचने लगा कि ऐसे नाजुक वक्त में उसे क्या करना चाहिए। क्या वह ला इज़्मेराल्दा को जगा दे ? उसे गिरजाघर के बाहर छोड़ आए? यह कैसे मुमकिन होगा ? गिरजा नदी के किनारे था और नदी में उस वक्त कोई किश्ती नहीं थी। उसके सामने एक ही रास्ता था कि वह नोत्र दाम की ड्योढ़ी में डटकर मुकाबला करे, ताकि ला इज़्मेराल्दा की नींद में विघ्न न पड़े।

अचानक एक-एक करके कई मशालें जल उठीं और उसे सैकड़ों हथियारबंद मुर्दों और औरतों की भीड़ दिखाई दी। उसे याद आया, ये वही लोग थे जिन्होंने उसे मूर्खों का पोप चुना था।

कासीमोडो जब लालटेन लेकर नोत्र दाम के मध्य द्वार तक पहुंचा, तब तक त्रोलेफू ने अपनी फ़ौज को बाकायदा खड़ा कर दिया था।

मध्ययुग में इस तरह की घटनाएं अक्सर हुआ करती थीं। आजकल जैसा पुलिस का इंतजाम उस जमाने में नहीं था। सामंती समाज में एक

ही शहर कई हिस्सों में बंटा रहता था; हर हिस्से की अपनी अलग पुलिस होती थी। मिसाल के लिए अकेले पेरिस में ही एक सौ इकतालीस लॉर्ड थे, और पेरिस के बिशप को एक सौ पांच सड़कों की जिम्मेदारी सौंपी गई थी। ये लोग अपने-अपने इलाके के मालिक थे।

1465 में पेरिस के लोगों को हुक्म दिया गया था कि वे रात के वक्त अपने घरों की खिड़कियों में मोमबत्तियां जलाएं, और कुत्तों को बंद रखें। हुक्मउदूली की सज़ा मौत थी। रात को जंजीरों से रास्ते बंद कर दिए जाते थे, और रात के वक्त छुरे तथा अन्य खतरनाक हथियार लेकर चलना जुर्म था। लेकिन जल्द ही लोगों ने मनमानी शुरू कर दी।

उस जमाने में अक्सर लोग किसी महल, हवेली या मकान पर धावा बोल देते थे। पड़ोसी चुपचाप तमाशा देखते रहते थे और अपनी खिड़कियां बंद करके बैठे रहते थे। कुछ गिरजों के ऊपर भी फसीलें बनाई जाती थीं।

नोत्र दाम के सामने अपनी मशाल हिलाकर क्लोपां त्रोलेफू ने कहा :

"पेरिस के बिशप, सुनो! तुमने हमारी एक बहन पर जादू-टोने का झूठा इल्जाम लगाया था। उसने तुम्हारे गिरजे में शरण ली है। तुम्हें उसकी सुरक्षा की ज़िम्मेदारी अपने ऊपर लेनी चाहिए थी। पार्लियामेंट उसे गिरफ्तार करना चाहती है और तुमने अपनी रजामंदी दे दी है। कल उसे फांसी लगनेवाली है। इसलिए ऐ बिशप! हम तुम्हारे पास आए हैं। अगर तुम हमारी बहन को पवित्र नहीं मानते तो हम तुम्हारे गिरजे को पवित्र नहीं मानते। हम तुम्हें हुक्म देते हैं कि अगर तुम अपने गिरजे को बचाना चाहते हो तो हमारी बहन को हमारे हवाले कर दो, वरना हम अपनी बहन को छुड़ा ले जाएंगे और गिरजे में लूटमार मचाएंगे। मैं अपना झंडा यहां गाड़ रहा हूं।"

बदकिस्मती से ये शब्द कासीमोडो के कानों में नहीं पड़े।

क्लोपां त्रोलेफू चिल्लाया, "भाइयो! आगे बढ़ो।"

चिमटे, हथौड़ियां और सलाखें लेकर कुछ लोग दरवाजे की सीढ़ियों पर चढ़ गए और दरवाजा खोलने की कोशिश करने लगे। लेकिन दरवाजा टस-से-मस नहीं हुआ। त्रोलेफू ने कहा, "हिम्मत से काम लो, साथियो! हम फौरन उस लड़की को छुड़ा लेंगे और चबूतरे को साफ कर देंगे। मेरे खयाल में ताला टूटने ही वाला है।"

इसी वक्त उसके पीछे चीख-पुकार मची। आसमान से एक बहुत बड़ा शहतीर गिरा था, जिसके नीचे एक दर्जन आदमी कुचले गए थे और अनेक लोग जख्मी हुए थे। देखते-ही-देखते गिरजे के सामनेवाली जगह खाली हो गई। जख्मी लोग कराह रहे थे।

भीड़ ने फिर उत्तेजित होकर गिरजे पर धावा बोला। आसपास के मकानों के लोग जाग गए और हाथों में मोमबत्तियां लेकर सारा दृश्य देखने लगे। कुछ ने सोचा कि यह चुड़ैलों और भूतों की करामात थी, वे भयभीत होकर अपने बिस्तरों में घुस गए।

"दरवाजे को तोड़ दो।" त्रोलेफू चिल्लाया। सब अपनी जगह पर खड़े रहे। "तुम्हें शहतीर से डर लगता है?" त्रोलेफू ने गुस्से से पूछा।

इस पर दो सौ साहसी हाथों ने शहतीर को उठाकर एक तरफ़ रख दिया और वे मुख्य द्वार को पीटने लगे। इसी वक्त ऊपर से पत्थरों की वर्षा होने लगी। "क्या मीनार हम पर हमला कर रहे हैं?" जेहान ने पूछा।

पत्थरों से बहुत-से लोग ज़ख्मी हो गए थे।

पाठकों ने ज़रूर अनुमान लगा लिया होगा कि कासीमोडो ही गिरजे के ऊपर से भीड़ का मुकाबला कर रहा था।

भीड़ को गिरजे पर धावा बोलते देखकर कासीमोडो गहरी सोच में पड़ गया था। अचानक उसे खयाल आया कि मजदूर उस दिन दक्षिणी

मीनार की मरम्मत कर रहे थे। वह भागा हुआ वहां गया, जहां पत्थरों और सीसे की चादरों के अंबार लगे थे।

सबसे पहले उसने एक भारी शहतीर उठाकर नीचे फेंका, जिसके नीचे गिरते ही चीखों की आवाजें सुनाई दीं। जिस तरह हवा में राख उड़ता है उसी तरह शहतीर को देखकर लफंगे तितर-बितर हो गए। कासीमोडो ने उनके आतंक का फायदा उठाया। वह ऊपर से पत्थर बरसाने लगा। भीड़ को लगा जैसे गिरजा टुकड़े-टुकड़े होकर गिर रहा था।

उस क्षण सचमुच कोई भी कासीमोडो को देखकर भयभीत हो उठता। वह फुर्ती से पत्थर उठाकर नीचे फेंकता जा रहा था।

लेकिन उसे मालूम था कि भीड़ के प्रहारों के आगे दरवाजा बहुत देर नहीं टिक सकेगा। उसे एक तरकीब सूझी। उसने दो परनालों में लकड़ी, सीसे की चादरें और कागज ठूंसकर आग लगा दी।

भीड़ गिरजे के भीतर जाकर उस खजाने को लूटने के लिए बेताब हो रही थी, जो तीन शताब्दियों से वहां जमा किया गया था। उस खजाने में चांदी के सलीब, ख़ूबसूरत शमादान, सोने और हीरों से जड़े हुए स्मृतिचिह्न थे। उस वक्त उनके दिमाग में ला इज़्मेराल्दा की अपेक्षा खजाने का महत्त्व कहीं अधिक था। बल्कि अधिकांश लोगों के लिए ला इज़्मेराल्दा गिरजे को लूटने का एक बहाना मात्र थी।

इस वक्त पिघले हुए सीसे की दो धाराएं भीड़ में आकर गिरीं। बहुत-से लोग वहीं जलकर मर गए और आसपास जिन लोगों पर जलते हुए छींटे पड़े वे भयंकर यंत्रणा से कराहने लगे। भीड़ में खलबली मच गई। गिरजाघर के सामने का हिस्सा फिर खाली हो गया और चौराहे में खामोशी छा गई।

भीड के नेता अलग हटकर आपस में सलाह करने लगे। त्रोलेफू ने गुस्से से कहा, "भीतर जाना नामुमकिन है।"

"जरा उस शैतान की तरफ देखो जो आग के सामने आ-जा रहा

है।" मिस्र के ड्यूक ने कहा।

"वह कासीमोडो है।" त्रोलेफू ने कहा।

"चालीस बरस पहले कुस्तुनतुनिया के संत सोफ़िया के गिरजे में जब मुसलमानों ने हमला किया था तो गिरजे ने अपने गुंबदों द्वारा अपनी रक्षा की थी। पेरिस का विलियम भी जादूगर था, जिसने नोत्र दाम को बनवाया था।" मिस्र के ड्यूक ने कहा।

"तो क्या हम अपनी बहन को इन चोगाधारी भेड़ियों के चंगुल में छोड़कर चले जाएं?" त्रोलेफू ने पूछा।

"गिरजे के खजाने में इतना सोना है कि उससे कई छकड़े भरे जा सकते हैं।" एक लफंगे ने कहा।

"पियर ग्रिंगोयर कहां है?" त्रोले ने पूछा।

"वह रास्ते में ही ग़ायब हो गया था।"

इसी वक्त जेहान भागता हुआ वहां आया। उसके हाथों में लंबी सीढ़ी थी और उसने लोहे की पोशाक पहन रखी थी।

"इस सीढी का क्या करोगे?" त्रोलेफू ने पूछा।

"गैलरी के भीतर एक दरवाजा है, जिसके जरिए हम लोग गिरजाघर में दाखिल हो सकते हैं।"

भीड़ सीढ़ी के पास इकट्ठी होकर जोर से तालियां पीटने लगी। सबसे पहले जेहान सीढ़ी पर जा चढ़ा। गैलरी में पहुंचकर वह खुशी से चिल्लाया, लेकिन अगले ही क्षण वह आतंक से अवसन्न रह गया। एक मूर्ति के पीछे खड़ा कासीमोडो उसकी तरफ घूर रहा था।

कासीमोडो ने अपने ताकतवर हाथों से सीढ़ी को जोर से नीचे धकेल दिया, जो नीचे गिरकर चकनाचूर हो गई। बहुत-से लोग। जख्मी होकर गिर पड़े। कासीमोडो छज्जे पर कुहनियां टेककर उदासीन भाव से सारे दृश्य को देखता रहा।

जेहान ने कहा, "अभी तक तो तुम बहरे थे, अब अंधे भी हो जाओगे।" यह कहकर उसने तीर चलाया। तीर जाकर कासीमोडो की बाई बांह में लगा। कासीमोडो ने तीर के टुकड़े-टुकड़े कर दिए और जेहान की ओर बढ़ा।

इसके बाद कासीमोडो ने जेहान के जिरहबख्तर, तलवार और छुरे के भी टुकड़े-टुकड़े करके फेंक दिए। जेहान सोलह बरस के छोकरे की तरह गुस्ताखी से हंसा।

लेकिन उसकी यह हंसी जल्द ही खत्म हो गई। कासीमोडो ने उसे टांग से पकड़कर हवा में घुमाया और जोर से छज्जे पर पटक दिया। जेहान की लाश दुहरी होकर लटक गई। उसकी रीढ़ टूट गई थी और खोपड़ी में से भेजा बाहर निकल आया था।

भीड़ चिल्लाई, "बदला ! बदला।"

जेहान की मौत ने उन्हें क्रुद्ध बना दिया। उन्हें यह सोचकर शर्म आई कि एक कुबड़े ने इतनी देर तक उन्हें रोके रखा है। वे जाकर सीढ़ियां और रस्से ले आए और गिरजे पर चढ़ने लगे।

उधर चौराहे में सैकड़ों मशालें जल उठीं। दूर-दूर तक खतरे की घंटियों की आवाजें गूंज उठीं। कासीमोडो अपने को विवश महसूस करने लगा और मन-ही-मन प्रार्थना करने लगा कि किसी चमत्कार से जिप्सी लड़की की जान बच जाए।

पांच

बास्तील के किले में बादशाह लुई ग्यारहवें के कमरे में मोमबत्ती जल रही थी। बादशाह को लूव्र का बारह फुट लंबा और ग्यारह फुट चौड़ा पलंग पसंद नहीं था, इसलिए वे रात गुजारने के लिए बास्तोल में

आ गए थे, क्योंकि बास्तोल की चारदीवारी ज़्यादा ठोस और मजबूत थी।

बादशाह के पास फ्लेमिश राजदूत और यक कोपेनहोल बैठे थे।

बादशाह बहीखाते का मुआयना कर रहे थे। उनके पास खज़ांची खड़ा था।

"तुम लोग मुझे तबाह कर रहे हो। इतने ज़्यादा नौकर-चाकरों की क्या ज़रूरत है? तरकारियां पकाने के अलग बावर्ची, गोश्त भूनने के लिए अलग बावर्ची, सॉस बनाने के लिए अलग बावर्ची, उनके ऊपर एक बड़ा बावर्ची और पेस्ट्रियां बनानेवाले बावर्ची और नानबाई को अलग से तनख्वाह दी जाती है। इस तरह तो लूव का सारा खजाना खत्म हो जाएगा। हमें सब कछ बेचना पड़ेगा। बादशाहों को फ़िज़ूलखर्ची की मिसाल कायम नहीं करनी चाहिए।"

जब ख़जांची ने एक कैदी के खाने का खर्च पढ़कर सुनाया तो बादशाह ने कहा, "जिस आदमी को फांसी का हुक्म हुआ है, उसे हम क्यों खाना खिलाएं? आज रात ही उसे फांसी देने का इंतजाम करो।"

इसके बाद बादशाह उस पिंजरे का मुआयना करने गए, जिसमें एक कैदी बंद था। कैदी चिल्लाया, "बादशाह सलामत, मैं इस पिंजरे में पिछले चौदह साल से सड़ रहा हूं। मुझ पर रहम कीजिए। मैंने आपके साथ विश्वासघात नहीं किया।"

बादशाह हिसाब-किताब में लगे रहे। कैदी की पुकार उनके कानों तक नहीं पहुंची। वहां से लौटकर बादशाह ने बास्तील के जेलर से पूछा, "क्या पिंजरे में कोई आदमी कैद था?"

"जनाब, वह वर्दू का बिशप था।"

"सच?"

बादशाह को ऐसे खिलवाड़ बहुत पसंद थे।

इसी वक्त दरवाजा खुला और एक आदमी भागता हुआ बादशाह के कमरे में दाखिल हुआ। "जनाब! जनाब! पेरिस के लोगों ने बगावत कर दी है।"

बादशाह ने कहा, "आराम से बात करो, वरना खामोश रहो।"

"जनाब, कोर्ट ऑफ मिरेकल्ज के लुच्चे-लफंगों ने नोत्र दाम पर धावा बोल दिया है।"

"उनकी तादाद कितनी है?"

"छः हजार?"

"अच्छा, कल देखेंगे। कल तक जो भी गिरफ्तार होगा हम उसे फांसी दे देंगे।"

"जनाब, कुछ कैदी इस वक्त यहां भी मौजूद हैं।"

एक कैदी को पेश किया गया।

"तुम्हारा नाम क्या है?"

"पियर ग्रिंगोयर।"

"पेशा?"

"फिलॉसफर।"

"तुमने बगावत में क्यों हिस्सा लिया?"

"जनाब, मैं कवि हूं। कवि लोग तो रात के वक्त सड़कों पर घूमा ही करते हैं। मैं जनाब का वफ़ादार गुलाम हूं। मेरे फटे हुए कपड़ों को देखकर मुझपर राजद्रोह का इल्जाम न लगाएं। साहित्यकार को संरक्षण देने से आपकी शोभा बढ़ेगी। अगर सिकंदर महान् अरस्तू को फांसी दे देता तो उसकी कितनी बदनामी होती। मुझ पर रहम करें, जनाब।"

बादशाह ने चाय की चुस्की लेकर कहा, "इस बदमाश को फौरन रिहा कर दिया जाए और रिहाई से पहले इसकी खूब पिटाई की जाए। क्या ऐसे परिंदों के लिए हम इतने महंगे पिंजरे बनवाते है?"

ग्रिंगोयर ने एक सच्चे दार्शनिक की तरह मार बर्दाश्त की।

अचानक बादशाह ने कहा, "मेरे कानों और छाती में ज़ोर का दर्द उठ रहा है।"

डॉक्टर ने बादशाह की नब्ज़ देखकर कहा, "इस बीमारी से तो मरीज तीन दिनों के भीतर मर सकता है।"

"इसका इलाज नहीं है?"

"वही तो सोच रहा हूं, जनाब। अरे हां, मैं आपसे यह कहना भूल गया था कि गिरजे के टैक्स उगाहनेवाले एक अफसर की जगह खाली है, जिसके लिए मैं अपने भतीजे की नियुक्ति चाहता हूं।"

"नियुक्ति तो हो जाएगी मास्टर यक, लेकिन पहले मेरी छाती में जो आग लग रही है, उसका इलाज करो।"

"जनाब, आप बड़े मेहरबान हैं। मुझे उम्मीद है कि आप मेरा मकान बनवाने में ज़रूर मेरी मदद करेंगे। अगर मकान की छत न बनी तो बड़ा अनर्थ होगा।"

"जोंक कहीं के। बताओ कितना खर्च आएगा।"

"पूरे दो हज़ार।"

"कातिल! हर बार जब तुम मेरा कोई दांत निकालते हो तो वह तुम्हारे लिए हीरा बन जाता है। पहले मेरा इलाज करो।"

"जनाब, अब तो आपकी कमर में मोम, लाल मिट्टी, अंडों की सफेदी, तेल और सिरके की मालिश करनी पड़ेगी, तभी आप बच सकेंगे।"

थोड़ी देर बाद डॉक्टर ने कहा, "जनाब, मास्टर सिमोन रादां का स्थान भी खाली है।"

बादशाह ने जवाब दिया, "हमें अच्छी तरह याद है, हमने तुमको कितने ओहदे दिए हैं। लालच बुरी चीज है। लालच इंसान को पतित बनाता है।"

फिर बादशाह ने अपने हज्जाम से कहा, "मेरी हजामत बनाओ।"

पाठक समझ गए होंगे कि यह हज्जाम दुष्ट फिगारो ही था। हम यहां उसके व्यक्तित्व का बयान नहीं करेंगे। उसके तीन नाम थे। शाही दरबार में उसे ओलिवियर ले देम पुकारा जाता था। जनता उसे शैतान ओलिवियर कहती थी। उसका असली नाम ओलिवियर ले मोवे था।

इसी वक्त बादशाह ने खिड़की खोलकर उत्तेजित स्वर में कहा, "आसमान में लपटों की लाली है। शाबाश, मेरे लोगों! आखिर तुम सामंती राज्यों को नष्ट करने में मेरी मदद कर ही रहे हो। मैं गारद की दो कंपनियों और तोप के चंद गोलों की मदद से किसी भी बलवे को कुचल सकता हूं।"

कोपेनहोल ने बादशाह की बात का खंडन किया, "जनाब, बर्गडी के ड्यूक ने भी कहा था, 'तोपचियो! इन कमीने लोगों को गोलों से उड़ा दो।' लेकिन उन कमीने लोगों ने बहुत-से रईसों को खत्म कर दिया।"

"तुमने कभी बग़ावत देखी है, मास्टर यक?"

"हां, मैंने बग़ावतों का संगठन किया है।" कोपेनहोल ने जवाब दिया।

"कैसे?"

"यह मुश्किल काम नहीं है। बग़ावत कराने के दर्जनों तरीके हैं। सबसे ज़रूरी बात यह है कि शहर के लोग असंतुष्ट हैं। फिर शहर के लोगों के चरित्र को भी देखना पड़ता है। घेण्ट के लोगों को उकसाना मुश्किल नहीं है। मिसाल के लिए अगर कोई सुबह-सुबह मेरी दुकान में आकर कहता है, "कोपेनहोल, आज फलां बात हुई, फ्लैंडर्ज की शाहजादी अपने वजीरों को बचाने पर तुली हुई है। अनाज के दाम दुगने हो गए हैं।" तो मैं फौरन काम छोड़कर सड़क पर चला जाता हूं और किसी

टूटे-फूटे पीपे पर खड़ा होकर चिल्लाता हूं, 'हथियार संभालो।' फिर मेरे दिल में जो आता है, मैं कहने लगता हूं। जनाब, एक आम आदमी के दिल में हमेशा गुबार भरा रहता है। इसके बाद भीड़ इकट्ठी हो जाती है, खतरे की घंटियां बजने लगती हैं और लोग सिपाहियों से हथियार छीन लेते हैं। जब तक किलों में लॉर्ड रहेंगे, शहरों में नागरिक होंगे और गांवों में किसान रहेंगे, तब तक इसी तरह बगावतें होती रहेंगी।"

"तुम किसके खिलाफ बग़ावत करते हो? ड्यूक के खिलाफ?"

"यह तो परिस्थितियों पर निर्भर करता है। कई बार ड्यूक के खिलाफ भी बग़ावतें होती हैं।"

बादशाह ने मुस्कराकर कहा, "खैरियत है कि फ्रांस में बग़ावतें सिर्फ़ अमीरों के खिलाफ होती है।"

हज्जाम हजामत का सामान लेकर लौटा, लेकिन इसी वक्त पेरिस ने नगराधीश ने आकर कहा, "जनाब, मैं एक बुरी खबर लाया हूं। इजाज़त हो तो अर्ज करूं।"

"कौन-सी खबर?"

"जनाब, बग़ावत मुख्य न्यायाधीश के खिलाफ नहीं बल्कि आपके खिलाफ हो रही है।"

बूढ़ा बादशाह तनकर बैठ गया। ओलिवियर ने घुटने टेककर कहा, "जनाब, एक जादूगरनी ने, जिसे मौत की सजा मिली है, नोत्र दाम में शरण ली है। लोग उसे जबरदस्ती वहां से छुड़ाने की कोशिश कर रहे हैं। नौत्र दाम पर हमला हो रहा है।"

बादशाह ने गुस्से से कांपते हुए कहा, "नोत्र दाम पर हमला हो रहा है? तुम ठीक कहते हो, यह बग़ावत मेरे खिलाफ है। जाओ। उन बदमाशों के टुकड़े-टुकड़े कर दो। देखना कोई बचने न पाए।"

"जनाब, जादूगरनी का क्या करें?"

"उसे फांसी दे दो।"

"जनाब, क्या मैं उसे पवित्र शरणगृह में गिरफ्तार कर लूं?"

बादशाह ने घुटने टेककर प्रार्थना की, "हे पवित्र कुमारी! मुझे क्षमा करो। मुजरिम को सज़ा तो मिलनी ही चाहिए। वह तुम्हारी शरण पाने की अधिकारिणी नहीं है। वह जादूगरनी है। कई बादशाहों को मजबूर होकर गिरजाघरों के पवित्र अधिकारों का उल्लंघन करना पड़ा है। मैं वादा करता हूं कि भविष्य में मैं ऐसा काम नहीं करूंगा और तुम्हें चांदी की एक मूर्ति भेंट करूंगा।" यह कहकर बादशाह ने अपने शरीर पर सलीब का चिह्न लगाया और कहा, "जाओ! खतरे की घंटी बजा दो। लोगों को कुचल दो और जादूगरनी को फांसी दे दो! ...ओलिवियर, आज रात मैं सोऊंगा नहीं, मेरी हजामत बनाओ। मेरे फ्लेमिश दोस्तो! सुबह होनेवाली है। जाकर आराम करो।"

छः

ग्रिंगोयर की मुलाकात काले चोगेवाले एक आदमी से हुई।

"अभी भी वक्त है।" उस आदमी ने कहा।

"लेकिन हम गिरजे में दाखिल कैसे होंगे?" ग्रिंगोयर ने पूछा।

"मेरे पास मीनार की चाबी है। हम पिछले दरवाजे से निकलकर नदी के किनारे पहुंच जाएंगे। घाट पर मैंने आज सुबह से एक किश्ती तैयार रखी है।" दोनों जने नौत्र दाम में दाखिल हुए।

सात

बहादुर कासीमोडो निराश हो गया था। अब वह जिप्सी लड़की को नहीं बचा सकता था। उसे अपनी सुरक्षा की चिंता बिलकुल नहीं थी।

भीड़ नोत्र दाम में दाखिल होने ही वाली थी कि इतने में घोड़ों की टाप सुनाई दी। घुड़सवार फ़ौजी मशालें और नेजे लेकर आ गए। वे चिल्ला रहे थे, "फ्रांस! फ्रांस! हम देशद्रोहियों की बोटियां उड़ा देंगे।"

कासीमोडो ने देखा, कैप्टन फीबस घुड़सवार फ़ौजी दस्ते की अगुआई कर रहा था। भीड़ आतंकित होकर भागने लगी। फीबस ने बड़ी बेरहमी से विद्रोहियों को खत्म किया। विद्रोही मर्द, औरतें और बच्चे घोड़ों से लिपट गए और उन्हें अपने नाखूनों और दांतों से काटने लगे। कुछ ने मशालों से सिपाहियों के चेहरों को झुलसा दिया। एक लफंगा दरांती से घोड़ों की टांगों को काटने लगा। यह क्लोपां त्रोलेफू था।

चौराहे के मकानों की खिड़कियां फिर खुल गईं और जब लोगों ने शाही फौज को देखा तो उनकी हिम्मत लौट आई और वे भी चारों तरफ से विद्रोहियों पर गोलियां चलाने लगे।

जब विद्रोही जख्मियों और मुर्दों को छोड़कर भाग गए तो कासीमोडो ने घुटने टेककर ईश्वर को धन्यवाद दिया और खुशी से पागल होकर भागता हुआ इज़्मेराल्दा की कोठरी में पहुंचा। उसने सोचा था कि वह इज़्मेराल्दा को घुटने टेककर प्रणाम करेगा।

लेकिन कोठरी ख़ाली थी।

दसवां भाग

जिस वक्त लफंगों ने गिरजे पर हमला किया था, उस वक्त ला इज़्मेराल्दा सो रही थी। लेकिन भीड़ का शोरगुल और बकरी की मिमियाहट सुनकर उसकी नींद खुल गई। वह उठकर खिड़की के नजदीक गई जहां से उसने चौराहे का सारा दृश्य देखा। रात्रि के उपद्रव और मशालों को देखकर उसने समझा कि गिरजाघर की मूर्तियों और चुड़ैलों में लड़ाई हो रही है। वह अपनी कोठरी में लौट आई।

लेकिन जब उपद्रव बढ़ता गया तो उसके मन में यह खयाल आया कि शायद लोग उसे शरणगृह से जबरदस्ती ले जाने के लिए आए हैं। मृत्यु की कल्पना से वह भयभीत हो उठी। वह सोचने लगी कि क्या अब वह कभी अपने प्यारे फीबस को नहीं देख पाएगी। वह बिस्तर पर गिर पड़ी और कुमारी मेरी का नाम लेकर प्रार्थना करने लगी, हालांकि वह ईसाई धर्म को नहीं मानती थी। जीवन में ऐसे क्षण भी आते हैं जब इंसान नजदीक के प्रार्थनागृह के धर्म के अनुसार ही ईश्वर से प्रार्थना करता है।

इसी वक्त किसी के कदमों की आहट सुनाई दी। दो आदमी उसकी कोठरी में दाखिल हुए, जिनमें से एक के हाथ में लालटेन थी। लड़की डर से चीख पड़ी।

"डरो मत, मैं हूं।" एक आदमी ने कहा।

"तुम कौन हो?"

"पियर ग्रिंगोयर।"

लड़की आश्वस्त हो गई। उसने अंधेरे में कवि को पहचान लिया। लेकिन वह दूसरी आकृति को देखकर भयभीत हो उठी, जिसका सारा शरीर काले लबादे में ढंका था।

बकरी ने कवि को फौरन पहचान लिया था और वह स्नेहपूर्वक कवि से लिपट रही थी।

"तुम्हारे साथ वह दूसरा आदमी कौन है?" लड़की फुसफुसाई।

"चिंता न करो। यह मेरा दोस्त है।"

इसी वक्त दूसरे आदमी ने ग्रिंगोयर का कंधा पकड़कर झकझोरा। ग्रिंगोयर ने कहा, "तुम्हारी जान खतरे में है। लोग तुम्हें शरणस्थल में आकर पकड़ना चाहते हैं। हम तुम्हारे दोस्त हैं और तुम्हें बचाने के लिए आए हैं। हमारे पीछे-पीछे आओ।"

"क्या यह सच है?" लड़की ने चकित स्वर में पूछा।

"हां, जल्दी करो।"

"लेकिन तुम्हारा दोस्त कुछ बोलता क्यों नहीं?"

"उसके मां-बाप सनकी थे, जिससे वह खामोश स्वभाव का बन गया है।"

ग्रिंगोयर ने लड़की का हाथ पकड़ लिया और उसका साथी लालटेन लेकर आगे-आगे चलने लगा। बकरी ग्रिंगोयर को देखकर इतनी खुश थी कि वह बार-बार उसकी टांगों में अपने सींग मोर रही थी। ग्रिंगोयर मुंह के बल गिरते-गिरते बचा था।

काले लबादेवाले आदमी ने सहन का दरवाजा खोला और वे बाहर आ गए।

लबादेवाला आदमी उन्हें नदी के पास ले गया, जहां एक छोटी किश्ती थी। सभी किश्ती में बैठ गए और काले लबादेवाला आदमी

चप्पू चलाने लगा। ग्रिंगोयर बकरी को गोद में लेकर बैठा था। ला इज़्मेराल्दा को उस अजनबी से इतना डर लग रहा था कि वह ग्रिंगोयर से सटकर बैठी थी। अजनबी ने लालटेन को भी ढंक दिया था और अंधेरे में वह प्रेत सरीखा दिखाई दे रहा था।

ग्रिंगोयर ने कहा, "काश, कोई मुझसे बातें करता। इंसान की आवाज में संगीत होता है। मेरी प्यारी ला इज़्मेराल्दा, मुझसे सिर्फ़ एक शब्द तो कहो। जानती हो कि अभी नोत्र दाम की कोठरी में तुम्हारी जान पर कितना भारी खतरा था? अगर हम गिरफ्तार हो जाएं तो ज़रूर हमें फांसी दी जाएगी। गिरजाघर के सामने अभी भी शोर हो रहा है। लुई ग्यारहवां ज़ालिम और कंजूस है—वह आज मुझे फांसी पर लटकाने ही वाला था। वह साहित्यकारों के प्रति संकीर्णता से पेश आता है। वह स्पंज की तरह लोगों की दौलत चूसता है। उसके राज्य में फांसी की रस्सियां लाशों के वजन से टूट रही हैं। लोगों के सिर काटकर वह खून की नदियां बहा रहा है और जेल की कोठरियां कैदियों से भरी हुई हैं। एक हाथ से वह वसूली करता है और दूसरे हाथ से फांसी देता है। मुझे यह बादशाह पसंद नहीं है। तुम्हारा क्या खयाल है मालिक?"

काले लबादेवाला आदमी खामोश रहा। "मालिक, अभी उस बहरे घंटी बजानेवाले ने किसी की खोपड़ी चकनाचूर की थी। क्या आपने उस आदमी को पहचाना था?"

अजनबी ने पतवार चलना छोड़ दिया और वह सिसकने लगा। ला इज़्मेराल्दा कांप उठी। उसने ये सिसकियां पहले भी सुनी थी।

नोत्र दाम के सामने कोलाहल बढ़ता जा रहा था। सिपाही मशालें लेकर गिरजे में दाखिल हो गए। वे किसी को तलाश कर रहे थे। दूर से आवाजें आ रही थीं, "जिप्सी लड़की! जादूगरनी।"

बेचारी लड़की ने दोनों हाथों से अपना चेहरा ढांप लिया और अजनबी पूरी ताकत से चप्पू चलाकर किश्ती को किनारे की तरफ खेने

लगा। ग्रिंगोयर ने बकरी को कसकर अपने सीने से लिपटा लिया।

जब किश्ती किनारे पर लगी तो अजनबी ने इज़्मेराल्दा का हाथ पकड़कर उसे किश्ती से उतारने की कोशिश की। लड़की ने हाथ छुड़ा लिया और वह ग्रिंगोयर की आस्तीन से लिपट गई। ग्रिंगोयर बकरी को लेकर आगे चला गया। लड़की अजनबी के साथ अकेली रह गई। उसने चीखने की कोशिश की, लेकिन उसके मुंह से आवाज़ नहीं निकल पाई। अचानक अजनबी ने अपने मज़बूत हाथ में उसका हाथ पकड़ लिया। लड़की के दांत किटकिटाने लगे और उसका चेहरा पीला पड़ गया। अजनबी उसका हाथ पकड़कर उसे घसीटता हुआ ले गया।

सड़क सुनसान थी। नोत्र दाम का कोलाहल अभी भी उसे सुनाई दे रहा था। एक मकान की खिड़की में रोशनी देखकर लड़की ज़ोर से चिल्लाई, "बचाओ! बचाओ।"

एक आदमी हाथ में लैंप लेकर खिड़की के सामने आया, फिर उसने खिड़की बंद कर दी। लड़की की आखिरी उम्मीद भी जाती रही।

काले लबादेवाला आदमी अभी तक खामोश था। लड़की ने पूछा, "तुम कौन हो?"

अजनबी ने कोई जवाब नहीं दिया। वह उसे एक बड़े चौराहे में ले आया जहां चांदनी में फांसी की टिकटिकी चमक रही थी। लड़की समझ गई कि वह कहां है।

अजनबी ने चेहरे से नकाब हटा दिया।

"ओह!" लड़की बोली, "मैं समझ गई थी कि तुम फिर आ गए हो।"

यह पादरी था, जो चांदनी रात में प्रेत सरीखा दिखाई दे रहा था।

"सुनो! यह प्लेस द' ग्रीव है। हम सफर की आखिरी मंजिल पर पहुंच गए हैं। अब मेरी ज़िंदगी तुम्हारे हाथों में है और तुम्हारी ज़िंदगी मेरे हाथों में है।"

"मेरी बात सुनो...अपने फीबस की चर्चा मेरे सामने कभी मत करना, समझीं ? अगर तुमने उसका नाम लिया तो न जाने मैं। कौन-सा खौफनाक काम कर बैठूंगा।" पादरी ने कहा, "पार्लियामेंट ने फिर तुम्हें फांसी देने का हुक्म जारी किया है। मैं तुम्हें छुड़ाकर ले आया हूं, लेकिन वे लोग अभी भी तुम्हारा पीछा कर रहे हैं, देखो।"

उसने नोत्र दाम की तरफ इशारा किया। सचमुच कोलाहल निकट आ गया था और सिपाही हाथ में मशालें लेकर चिल्ला रहे थे, "जिप्सी लड़की कहां है ?"

"मैं तुमसे प्यार करता हूं। खबरदार, जो तुमने यह कहने के लिए मुंह खोला कि तुम मुझसे नफ़रत करती हो। मैंने पक्का फैसला किया है कि अब मैं ऐसी बात बिलकुल नहीं सुनूंगा...मैं तुम्हें पूरी तरह से बचा सकता हूं। फैसला तम्हारे हाथ में है। तम जो भी कहोगी, मैं वही करूंगा।" फिर वह लड़की को फांसी की टिकटिकी के पास खींचकर ले गया और उसकी ओर इशारा करके बोला, "हम दोनों में से एक को चुन लो।"

लड़की हाथ छुड़ाकर फांसी की टिकटिकी से लिपट गई और बोली, "मुझे टिकटिकी से उतना डर नहीं लगता जितना तुमसे लगता है।

अब पादरी ने मृदु स्वर में कहा, "मैं तुमसे प्यार करता हूं। क्या मैं तुम्हारी नज़रों में तरस के काबिल भी नहीं हूं। क्या तुम कभी मुझे माफ नहीं करोगी और हमेशा मुझसे नफ़रत करती रहोगी ?" पादरी ने दोनों हाथों में अपना चेहरा छिपा लिया और रोने लगा, "मैं विद्वान् हूं, लेकिन मैं विज्ञान का तिरस्कार करता हूं। मैं नेक हूं, लेकिन अपने नाम पर कलंक लगा रहा हूं। पादरी होते हुए भी मैं वासनाग्रस्त हूं और ईश्वर के मुंह पर थूक रहा हूं। हे ईश्वर ! मैंने अपने भाई को पाला-पोसा, प्यार किया और अब मैंने उसे मार डाला है। यह सब मेरी वजह से हुआ है–इस औरत की वजह से...इस औरत की वजह से !..."

अचानक पादरी ने सिर उठाकर अपनी गली उंगलियों को देखा,

"यह क्या है? क्या मैं रोता हूं? क्या तुम देख नहीं सकतीं कि ये आंसू पिघला हुआ सीसा हैं? तुम तो मेरी मौत के वक्त भी हंसोगी। माफी का सिर्फ़ एक शब्द अपने मुंह से कहो, मैं तुम्हें बचा लूंगा, वक्त बीत रहा है।"

पादरी लड़की के आगे घुटने टेककर बैठ गया।

लड़की ने कहा, "तुम हत्यारे हो।"

पादरी ने लड़की को अपनी बांहों में भरकर घृणित अट्टहास किया, "हत्यारा! अगर तुम मुझे अपना गुलाम नहीं बनाओगी तो मैं तुम्हारा स्वामी बनूंगा। मेरे पास एक गुप्त तहखाना है। मैं घसीटकर तुम्हें वहां ले जाऊंगा। तुम्हें मेरे साथ चलना पड़ेगा, वरना मैं तुम्हें जल्लाद के हवाले कर दूंगा। या तो तुम मेरी बनोगी या मौत के मुंह में जाओगी।"

पादरी की आंखें क्रोध और वासना से चमक रही थीं। वह लड़की पर अंधाधुंध चुंबन बरसाने लगा।

लड़की चिल्ला उठी, "ओह! कैसा गंदा घृणित पादरी है। मुझे छोड़ दो। वरना मैं तुम्हारे बदसूरत सफेद बालों को नोच लूंगी। मैं फीबस की हूं। मैं फीबस को प्यार करती हूं। पादरी, तुम बूढ़े और बदसूरत हो। चले जाओ यहां से।"

पादरी चिल्लाया। ऐसा लगा जैसे किसी ने उसे जलती हुई लाल सलाख से दाग दिया हो। वह दांत भींचकर बोला, "तो जाओ मौत के मुंह में।" वह उसे बेरहमी से घसीटकर रोलां मीनार की तरफ ले गया।

मीनार के पास पहुंचकर उसने पूछा, "आखिरी बार बताओ, क्या तुम मेरी बनोगी।"

"नहीं!" लड़की ने दृढ स्वर में कहा, "गुदूल! गुदूल! यह रही जिप्सी लड़की। अब तुम अपना बदला ले लो।" पादरी ने संन्यासिन को आवाज़ दी।

एक सूखी बांह खिड़की से बाहर निकली और फौलादी हाथों ने

लड़की को पकड़ लिया।

"इसे पकड़े रहना। मैं सिपाहियों को लाता हूं। अभी तो तुम इसे फांसी के तख्ते पर भी देखोगी।" पादरी नोत्र दाम की तरफ चला गया, जहां से घोड़ों की टाप सुनाई दे रही थी।

लड़की के मन में मौत का आतंक छा गया था। वह ज़िंदगी की ख़ूबसूरती, यौवन, नीले आसमान और फीबस के बारे में सोच रही थी।

संन्यासिन ने एक भयंकर अट्टहास किया और बड़बड़ाई, "अब तुम्हें फांसी मिलेगी।"

लड़की ने क्षीण स्वर में पूछा, "मैंने तुम्हारा क्या बिगाड़ा है?"

"मिस्र की बेटी! मिस्र की बेटी! सुनो, मैं बताती हूं तुमने मेरा क्या बिगाड़ा है। मेरी एक बच्ची थी, नन्ही प्यारी-सी बच्ची...मेरी एग्नेस... जिप्सी लोग मेरी बच्ची को चुराकर ले गए और मारकर खा गए। तुमने मेरा यही बिगाड़ा है। पंद्रह बरस से मैं यहां इस दीवार से अपना सर फोड़ती आ रही हूं। समझीं! जिप्सी माताओ! तुमने मेरी बेटी को मार डाला था, आज आकर अपनी बेटी की मौत देखो।"

नोत्र दाम की तरफ से घुड़सवारों के आने की आवाज़ें आ रही थीं।

लड़की चिल्लाई, "मादाम! मुझ पर तरस खाओ। वे लोग आ रहे हैं। मैंने तुम्हारा कुछ नहीं बिगाड़ा।"

"मेरी बच्ची लौटा दो।"

"तरस खाओ, मुझ पर तरस खाओ।"

"मेरी बच्ची लौटा दो।"

"अफसोस! तुम अपनी बच्ची को ढूंढ रही हो और मैं अपने मां-बाप को ढूंढ रही हूं।"

"जब तुम्हारी मां आएगी तो मैं फांसी की टिकटिकी की ओर इशारा करूंगी–वरना मेरी बच्ची मुझे लौटा दो। देखो, यह मेरी बच्ची

का नन्हा जूता है। उसकी एकमात्र निशानी। इसके साथ का दूसरा जूता कहां है, मुझे बता सकती हो? वह जूता चाहे धरती के किसी भी कोने में हो, मैं घुटनों के बल रेंगकर वहां चली जाऊंगी।"

ला इज़्मेराल्दा ने कांपते हुए कहा, "जरा वह जूता मुझे देखने दो। ओह! मेरे ईश्वर!" उसने जल्दी से अपने गले के तावीज से बंधी हरी थैली खोली।

संन्यासिन ज़ोर से चिल्लाई, "मेरी बेटी!" उसने दोनों जूतों को आपस में मिलाकर देखा था।

"मेरी मां!" जिप्सी लड़की ने कहा।

दोनों के बीच लोहे की सलाखें थीं। संन्यासिन बोली, "अपना हाथ मुझे दो।"

वह लड़की का हाथ लेकर चूमने लगी और उसके गाल आंसुओं से तर हो गए। अभागी मां ने आंसुओं का वह पूरा भंडार खाली कर दिया जो पंद्रह बरसों में जमा हुआ था।

फिर उसने अपने लंबे सफेद बालों को माथे से हटाकर, क्रुद्ध शेरनी की तरह कोठरी के सींखचों को झकझोरना शुरू किया। वह एक पत्थर उठा लाई जो उसके तकिये का काम देता था और उसने पूरी ताकत से सलाखों पर पत्थर दे मारा। सलाखें चटक गईं। कई क्षण ऐसे होते हैं, जब औरत के हाथों में अलौकिक शक्ति आ जाती है।

फिर उसने अपनी बेटी की कमर में हाथ डालकर उसे भीतर खींच लिया। "आओ, मैं तुम्हें बचा लूंगी।" उसने कहा।

वह लड़की को गोद में लेकर कमरे में चहलकदमी करने लगी और खुशी से पागल होकर गाने, रोने और हंसने लगी।

"मेरी बेटी! ईश्वर ने मेरी बेटी मुझे लौटा दी। ये जिप्सी लोग कितने अच्छे होते हैं। मैं जिप्सियों को कितना चाहती हूं। हर बार जब तुम यहां से

गुजरती थीं तो मेरा दिल उछलने लगता था—मैं उसे नफ़रत समझ बैठी थी। एग्नेस, मुझे माफ कर दो। मैंने तुम्हारे साथ जुल्म किया है न! तुम कितनी ख़ूबसूरत हो। मैं पंद्रह बरस से लगातार रोती रही हूं और मेरे आंसुओं के साथ मेरी ख़ूबसूरती भी बह गई और मेरी बेटी को मिल गई।"

वह बेटी के बाल सहलाने लगी, उसके पैरों, घुटनों, माथे और आंखों को चूमने लगी। लड़की ने कोमल स्वर में कहा, "मेरी मां!"

संन्यासिन ने कहा, "हम यहां से चली जाएंगी। रीम्ज़ में मेरी थोड़ी-सी ज़मीन-जायदाद है। तुम्हें रीम्ज़ की याद है? नहीं, तुम तब नन्ही बच्ची थीं। तुम नहीं जानतीं कि जब तुम चार महीने की थीं, तो तुम कितनी ख़ूबसूरत थीं। तुम्हारे नन्हे पैरों को देखने के लिए लोग दूर-दूर से चलकर आते थे। मेरे ईश्वर! कौन यकीन करेगा कि मेरी बेटी मुझे मिलेगी।"

"मां, एक नेक जिप्सी औरत ने मुझे पाला था। पिछले साल वह चल बसी। उसी ने यह थैली मेरे गले में तावीज में बांधी थी। वह हमेशा कहा करती थी, "इसकी बदौलत तुम्हें अपनी मां किसी दिन मिल जाएगी।" वह ठीक ही कहती थी।"

संन्यासिन ने अपनी बेटी को सीने से चिपकाकर कहा, "तुम्हारे नन्हे जूतों को हम किसी गिरजे में जाकर नन्हे ईसामसीह को पहना देंगे। तुम्हारी आवाज़ कितनी प्यारी है।"

इसी वक्त नोत्र दाम की ओर से घोड़ों की टाप सुनाई दी। लड़की भयभीत होकर अपनी मां से लिपट गई। "मां, मुझे बचा लो। वे लोग मुझे लेने आ रहे हैं।"

संन्यासिन का चेहरा पीला पड़ गया। "हे ईश्वर! मैं यह भूल गई थी कि वे तुम्हारा पीछा कर रहे हैं। तुमने कौन-सा जुर्म किया है?"

"यह तो मैं नहीं जानती। लेकिन मुझे मौत की सज़ा मिली है।"

"मौत!" गुदूल पर जैसे वज्रपात हुआ।

"हां मां, बाहर जो फांसी की टिकटिकी खड़ी है, वह मेरे लिए ही रखी गई है। मुझे बचाओ। वे आ रहे हैं।"

कुछ क्षण खामोश रहने के बाद संन्यासिन बोली, "भला यह कैसे हो सकता है कि पंद्रह बरस बाद मेरी बेटी मुझे मिले और फिर उसे मुझसे छीन लिया जाए–अब, जबकि वह इतनी ख़ूबसूरत और बड़ी हो गई है। नहीं, ऐसा नहीं होगा। ईश्वर ऐसा नहीं होने देगा।"

इसी वक्त किसी की आवाज़ सुनाई दी, "इधर आइए मास्टर त्रीस्तन! पादरी ने कहा है कि वह उस कोठरी में है।"

संन्यासिन जोर से चीख पड़ी, "भाग जाओ मेरी बच्ची, भाग जाओ! वे तुम्हें मारना चाहते हैं, भाग जाओ।" फिर वह फुस-फुसाकर बोली, "नहीं, यहीं रहो। चारों तरफ सिपाही नज़र आ रहे हैं। तुम बाहर नहीं निकल सकतीं। दिन निकल आया है।"

संन्यासिन अपने सफेद बालों को नोचने लगी। अचानक उसने कहा, "वे लोग इधर आ रहे हैं। मैं उनसे बात करूंगी। तुम उस कोने में छिप जाओ। मैं उनसे कह दूंगी कि तुम भाग गई हो।"

उसने अपनी बेटी को कोने में धकेल दिया और उसके आगे पत्थर और पानी का बर्तन रख दिया। फिर वह घुटने टेककर ईश्वर से प्रार्थना करने लगी।

इसी वक्त बाहर पादरी की आवाज सुनाई दी, "इसी तरफ आइए कैप्टन फीबस।"

इस नाम को सुनकर ला इज़्मेराल्दा हिलने-डुलने लगी। "चुपचाप बैठी रहो।" संन्यासिन ने कहा।

घुड़सवार कोठरी के सामने आकर रुके। उनके सरदार ने कहा, "बुढ़िया, हम लोग एक जादूगरनी को ढूंढ रहे हैं। उसे फांसी दी जाएगी। हमें बताया गया है कि वह जादूगरनी तुम्हारे पास थी।"

"मैं आपकी बात समझी नहीं।"

"पादरी तुम्हारे पास एक जादूगरनी को छोड़ गया था। वह जादूगरनी कहां है?"

"तुम उस लड़की की बात कर रहे हो न, जिसे थोड़ी देर पहले पादरी मेरे पास छोड़कर गया था? उसने मेरे हाथ में काट लिया और मैंने उसे छोड़ दिया।"

"झूठ मत बोलो बुढ़िया, वह जादूगरनी किस तरफ गई है?"

"मेरा खयाल है कि वह रू' दू मोतों की ओर गई है।"

एक सिपाही ने कहा, "जनाब, इस बुढ़िया से पूछिए कि इसकी खिड़की की सलाखें क्यों टूटी हुई हैं।"

"सलाखें हमेशा से इसी हालत में थीं।" बुढ़िया ने कहा।

"क्या कहा? कल तक तो यहां काले रंग का सलीब बना हुआ था।"

बुढ़िया ने हंसकर कहा, "पिछले बरस पत्थरों से भरा एक छकड़ा मेरी खिड़की से टकरा गया था, जिससे सलाखें टूट गई थीं।"

"लेकिन सलाखें तो भीतर से बाहर की तरफ निकली हुई थीं। अगर छकड़ा खिड़की से टकराया होता तो सलाखें भीतर की तरफ होतीं।" सिपाही ने कहा, "साफ जाहिर है कि सलाखें हाल ही में तोड़ी गई हैं।"

"लगता है दाल में कुछ काला है।" सरदार ने कहा।

"मैं कसम खाकर कहती हूं कि एक छकड़ा सलाखों से टकराया था।"

इसी वक्त एक सिपाही भागता हुआ आया, "जनाब, बुढ़िया झूठ बोल रही है। जादूगरनी रू' दू मोतों की तरफ नहीं गई।"

"हो सकता है, वह दरिया के पार पहुंच चुकी हो।" बुढ़िया ने कहा।

"तुम झूठ बोल रही हो।" सरदार ने कहा।

"दरिया के दोनों किनारों पर कोई किश्ती नहीं है।" सिपाही ने कहा।

"उसने तैरकर नदी पार की होगी।" बुढ़िया अपनी बात पर डटी रही।

"भला कोई औरत भी तैर सकती है।" सिपाही ने कहा।

"मेरे जी में आता है कि जादूगरनी की जगह तुम्हें ही फांसी दे दूं।" सरदार ने कहा, "पंद्रह मिनट की यंत्रणा के बाद खुद-ब-खुद सच्चाई तुम्हारी ज़बान से निकल आएगी। चलो हमारे साथ।"

"जैसी आपकी मर्ज़ी, जनाब। मैं राज़ी हूं।"

"हे ईश्वर! सचमुच यह पागल औरत है।" सरदार ने कहा।

एक बूढ़े सार्जेण्ट ने आगे बढ़कर कहा, "इसे जिप्सियों से सख्त नफरत है। मैं पंद्रह बरस से यहां पहरा देता आया हूं। हर रात मैंने इसे जिप्सियों को गालियां बकते सुना है। इसे बकरीवाली जिप्सी लड़की से खासतौर पर नफ़रत है–उसी लड़की से जिसे हम ढूंढ रहे हैं।"

दूसरे सिपाहियों ने भी इस बात का समर्थन किया।

सरदार ने कहा, "अच्छी बात है, हम तलाश जारी रखेंगे। जब तक उस जिप्सी लड़की को फांसी नहीं लग जाती तब तक मैं सोऊंगा नहीं।"

जब घुड़सवार चले गए तो बुढ़िया फुसफुसाई, "तुम बच गई हो।"

लड़की डर के मारे कोने में दुबकी बैठी थी। उसने यह सारी बातचीत सुनी थी।

इसी वक्त बाहर किसी की आवाज सुनाई दी, "मेरा काम जादूगरनियों को फांसी देना नहीं है। मैं तो बलवे को दबाने आया था।" यह आवाज़ कैप्टन फीबस की थी। मां के रोकने के बावजूद लड़की भागी हुई खिड़की के पास आई और जोर से चिल्लाई, "फीबस! मैं यहां हूं! फीबस!"

फीबस जा चुका था, लेकिन त्रीस्तन वहीं था।

संन्यासिन ने चीख मारी और अपनी बेटी को जोर से खींच लिया। उसने बेटी की गर्दन में नाखून गड़ा दिए। लेकिन अब बचाव का कोई उपाय नहीं था। त्रीस्तन ने लड़की को देख लिया था।

"अहा! एक पिंजरे में दो चूहे।" त्रीस्तन ने हंसकर कहा। उसके

भेड़िये जैसे दांत बाहर निकल आए थे।

संन्यासिन ने लड़की को फिर कोने में धकेल दिया और खुद आकर खिड़की पर बैठ गई। उसने क्रुद्ध दृष्टि से सिपाहियों की ओर देखा।

एक आदमी, जिसके हाथ में रस्सा था, आगे बढ़ा। उसने त्रीस्तन से पूछा, "जनाब, इन दोनों में से किसको फांसी दूं?"

"लड़की को।"

संन्यासिन ने क्रुद्ध स्वर में पूछा, "क्या चाहते हो?"

"मैं तुम्हें नहीं, दूसरी औरत को लेने आया हूं। मैं तुम्हें नुकसान नहीं पहुंचाऊंगा।"

"तुम मुझे नुकसान नहीं पहुंचाओगे।" संन्यासिन एक विचित्र हंसी हंसी।

"जल्दी करो!" त्रीस्तन ने कहा।

जल्लाद ने पूछा, "मैं भीतर कैसे जाऊं?"

"खिड़की के रास्ते से।"

"खिड़की बहुत तंग है।"

"तंग है तो इसे चौड़ा कर दो। तुम्हारे पास कुल्हाड़ी नहीं है?"

जल्लाद अपने औजार लेने चला गया।

त्रीस्तन ने कठोर स्वर में कहा, "बुढ़िया, मैं तुम्हें आखिरी बार मौका देता हूं कि तुम इस लड़की को हमारे हवाले कर दो। आखिर तुम किस वजह से इसे फांसी पर चढ़ने से रोकना चाहती हो?"

"किस वजह से!" संन्यासिन ने एक पैशाचिक अट्टहास किया, "यह मेरी बेटी है।"

इन शब्दों को सुनकर जल्लाद भी कांप उठा।

"मुझे अफसोस है कि वह तुम्हारी बेटी है। लेकिन बादशाह ने उसे फांसी देने का हुक्म जारी किया है।"

संन्यासिन का क्रोध दुगना हो गया, "मुझे तुम्हारे बादशाह की क्या परवाह है! मैं कह रही हूं कि वह मेरी बेटी है।"

"दीवार को तोड़ दो।" त्रीस्तन ने कहा।

अपने दुर्ग पर कुल्हाड़ियों का वार होता देखकर संन्यासिन ज़ोर से चीख पड़ी और उन्मत्त शेरनी की तरह कोठरी में चक्कर काटने लगी। वह खामोश थी, लेकिन उसकी आंखों से चिनगारियां फूट रही थीं। सिपाहियों का ख़ून सर्द हो गया।

अचानक उसने एक पत्थर उठाकर सिपाहियों पर फेंका और पागलों की तरह हंसी। पत्थर त्रीस्तन के घोड़े के सुम के पास जाकर गिरा। संन्यासिन ने दांत भींच लिए।

चौराहे में सूर्योदय की गुलाबी आभा छाई थी। लोग खुशी-खुशी अपनी खिड़कियां खोल रहे थे। कुछ लोग गधों पर सवार होकर बाज़ार जा रहे थे।

संन्यासिन अपनी बेटी के सामने जाकर बैठ गई और उसने अपने शरीर से अपनी बेटी को ढांप लिया। लड़की अस्फुट स्वर में कह रही थी, "फीबस, फीबस।"

जब सिपाही खिड़की तोड़ने में कामयाब हो गए तो संन्यासिन बोली, "तुम लुटेरे हो! क्या तुम सचमुच मेरी बेटी को फांसी पर लटका दोगे? बुज़दिल! हत्यारे! ईश्वर कैसे यह सब होने देगा।"

उसके मुंह से झाग निकल रही थी। वह शेरनी की तरह चारों पंजों के बल बैठ गई और त्रीस्तन से बोली, "जरा नज़दीक आकर मेरी बेटी को मुझसे छीनने की कोशिश तो करो। भेड़िये! क्या तुम्हें पता है कि संतान का मोह क्या चीज़ होती है? क्या तुमने अपनी मादा भेड़िया से प्यार नहीं किया? क्या तुम्हारे कभी कोई बच्चा नहीं हुआ?"

वह गिरते हुए पत्थरों पर पेट के बल लेट गई और क्षीण स्वर में

चिल्लाई, "बचाओ! बचाओ।"

"जाओ, अब लड़की को पकड़ लाओ।" त्रीस्तन ने कहा।

कोई सिपाही अपनी जगह से नहीं हिला।

"तुम कैसे सिपाही हो? औरत से डरते हो।"

"जनाब, आप क्या इसे औरत कहेंगे?" जल्लाद ने कहा।

जब संन्यासिन ने तीन आदमियों को अपनी तरफ बढ़ते देखा तो उसकी आंखों से आंसुओं की झड़ी लग गई। उसने कोमल हृदयविदारक स्वर में बात शुरू की :

"मैं आपको एक बात बताना चाहती हूं। यह मेरी बेटी है। जब मैं आपको सारी कहानी सुनाऊंगी तो आप ज़रूर इसकी जान बचाएंगे। जिप्सी मेरी बेटी को चुराकर ले गए थे। मैंने पंद्रह बरस तक उसका जूता संभालकर रखा। यह देखो। उसके पैर बड़े छोटे थे। मैं सोचती थी कि मेरी बेटी मर गई है। मैंने इस कोठरी में पंद्रह साल गुजारे हैं। मैं इतना रोई कि ईश्वर को मुझ पर तरस आ गया। आज उसने मेरी बेटी मुझे लौटा दी। तुम अगर मुझे फांसी दे दो, तो मैं कुछ नहीं कहूंगी। लेकिन वह तो अभी सोलह बरस की लड़की है। मेरी बच्ची को मेरे पास रहने दो। मैं घुटने टेककर तुमसे प्रार्थना करती हूं।"

उसे देखकर किसी नरभक्षी की आंखों में भी आंसू आ जाते।

त्रीस्तन ने अपनी कमज़ोरी पर काबू पाकर कहा, "यह बादशाह की मर्ज़ी है।"

फिर उसने जल्लाद के कान में कहा, "जल्दी इस किस्से को खत्म करो।"

लड़की मां के साथ लिपट गई। "मां, इन लोगों को मुझसे दूर रखो।"

जब जल्लाद ने उसे छुआ तो लड़की चीखकर बेहोश हो गई। जल्लाद की आंखों से आंसू टपक रहे थे। संन्यासिन अपनी बेटी से कसकर लिपट गई। जल्लाद दोनों को घसीटता हुआ बाहर लाया। टिकटिकी के पास पहुंचकर

उसने लड़की की ख़ूबसूरत गर्दन में रस्सा बांध दिया। लड़की ने आंखें खोलीं और वह बोली, "नहीं, नहीं, मैं नहीं मरना चाहती।" मां का सारा शरीर कांप उठा। जल्लाद ने मां को ज़बरदस्ती अलग कर दिया। जल्लाद लड़की को कंधे पर लादकर सीढ़ी पर चढ़ने लगा। मां भागती हुई जल्लाद के पास आई और उसने जल्लाद के हाथ में दांत गड़ा दिए। सिपाहियों ने उसे धकेलकर अलग कर दिया। उसका सिर फुटपाथ से टकराया।

वह चल बसी थी।

दो

जब कासीमोडो ने खाली कोठरी को देखा तो वे शोक वह अपने बाल नोचने लगा। उसने गिरजाघर का हर कोना तलाश किया। जब बादशाह के सिपाही गिरजे में दाखिल हुए तो कासीमोडो ने लड़की को तलाश करने में पूरी मदद की। उसे उनकी असली नीयत का पता नहीं था। उसका खयाल था कि लफंगों का दल लड़की का दुश्मन था। अगर अभागी लड़की वहां होती तो वह ज़रूर उसे इन जल्लादों के हवाले कर देता।

जब गिरजे में शांति छा गई तो कासीमोडो फिर उस कोठरी में गया, जहां लड़की सोया करती थी। उसने सोचा, "शायद वह सो रही होगी या प्रार्थना कर रही होगी। मैं उसके एकांत में बाधा नहीं डालूंगा।" उसने साहस बांधकर फिर कोठरी के भीतर देखा। कोठरी खाली थी। उसने गद्दे के नीचे भी लड़की को तलाश किया और निराश होकर दीवार पर अपना सिर पटकने लगा।

जब उसे होश आया तो वह पागलों की तरह उस जगह को चूमने लगा जहां लड़की सोया करती थी। फिर वह कोठरी के बाहर इस तरह बैठा रहा जिस तरह कोई मां खाली पालने और कफ़न के सिरहाने बैठती है। सिसकियों से उसका शरीर कांप रहा था।

वह सोचने लगा कि आखिर लड़की को कौन वहां से ले जा सकता है। उसे याद आया कि सिर्फ़ पादरी के पास ही उस जीने की चाबी थी। उसे याद आया किस तरह एक रात को पादरी ने जिप्सी लड़की को उठवाने की कोशिश की थी, जिसमें उसने भी साथ दिया था और किस तरह दूसरी बार पादरी लड़की की कोठरी में दाखिल हुआ था। लेकिन पादरी के लिए उसके मन में बहुत ज़्यादा इज्जत थी, इसलिए उसकी नफ़रत और ईर्ष्या अवसाद में बदल गई थी।

जब पौ फट रही थी, तब उसने गिरजाघर की ऊपरी गैलरी में किसी को चहलकदमी करते हुए देखा। वह पादरी था, जो उत्तरी मीनार की तरफ जा रहा था। लेकिन उसका चेहरा नदी के दाएं किनारे की तरफ था, लगता था कि वह छत के ऊपर से किसी चीज को देखने की कोशिश कर रहा था। वह कासीमोडो के पास से गुज़रा, लेकिन उसने कासीमोडो की तरफ नहीं देखा।

कासीमोडो के दिल में गुस्सा और डर भरा हुआ था। पादरी और जिप्सी लड़की के प्रति वफादारी में संघर्ष हो रहा था।

मीनार के शिखर पर पहुंचकर उसने पादरी की तरफ देखा। पादरी एक बालकनी पर झुककर नीचे शहर की तरफ देख रहा था। कासीमोडो की तरफ उसकी पीठ थी। कासीमोडो चुपके से यह देखने के लिए चला आया कि आखिर पादरी किस चीज़ को इतने गौर से देख रहा है। पादरी इतना तल्लीन था कि उसे कासीमोडो के आने का पता ही नहीं चला।

नीचे चौराहे में औरतें दूध के बर्तन हाथ में लेकर आ-जा रही थीं और गिरजाघर के टूटे हुए द्वार को देखकर चकित हो रही थीं। कासीमोडो की जलाई हुई आग बुझ गई थी। त्रीस्तन ने चौराहे की सफाई करवा दी थी और लाशों को नदी में फिंकवा दिया था। लुई ग्यारहवें का हुक्म था कि रक्तपात के फौरन बाद फुटपाथों को धुलवा दिया जाए।

पादरी को पक्षियों की चहचहाहट भी सुनाई नहीं दे रही थी। वह

से हुए समझौते के अनुसार शैतान कासीमोडो जादूगर क्लॉड फ्रोलो की आत्मा को दोज़ख में ले गया था और पादरी का शरीर तोड़कर उसने आत्मा निकाल ली थी। उसी वजह से पादरी को पवित्र स्थान पर नहीं दफनाया गया।

अगस्त, 1483 में लुई ग्यारहवें की मृत्यु हो गई।

पियर ग्रिंगोयर ने बकरी को बचा लिया था और एक दुखांत नाटक लिखने में उसे सफलता मिली थी। ज्योतिष, दर्शन, स्थापत्य-कला, रसायनशास्त्र के बाद उसने दुखांत नाटकों को अपनाया था। 1488 के बहीखाते में ये पंक्तियां दर्ज हैं, "पियर ग्रिंगोयर को एक नाटक लिखने और पेश करने के लिए एक सौ सिक्के दिए गए।"

फीबस का भी अंत दुखद रहा। उसकी शादी हो गई।

चार

ला इज़्मेराल्दा और पादरी की मौत के बाद कासीमोडो नोत्र दाम से गायब हो गया था। इसके बाद उसे किसी ने नहीं देखा।

फांसी के बाद जल्लाद और उसके सहकारी ला इज़्मेराल्दा की लाश को मोंत फूकों के तहखाने में ले गए, जो पेरिस की चहारदीवारी से कई सौ फुट दूर एक पहाड़ी पर बना था। यहां फांसियां दी जाती थीं।

पंद्रह फुट ऊंची, तीस फुट चौड़ी और चालीस फुट लंबी इमारत की कल्पना कीजिए, जिसके बाहर एक चबूतरा था। इस चबूतरे पर खुरदरे पत्थर के तीस फुट ऊंचे खंभे थे। यहां छतों के मजबूत शहतीरों से लटकती हुई जंजीरों से बंधे हुए कंकाल लटकते थे, सामने पत्थर का सलीब था और दो छोटी टिकटिकियां थीं। आसमान में मुर्दाखोर कौओं के झुंड मंडराते रहते थे।

पंद्रहवीं शताब्दी के अंत में पत्थर की टिकटिकी, जिसे 1328 में बनाया

गया था, जीर्ण-शीर्ण हो गई। शहतीर सड़ गए। जंजीरों में जंग लग गया। खंभों पर काई जम गई और चबूतरा घास से ढंक गया। रात को जब चांद की किरणें सफेद खोपड़ियों पर चमकती थीं या जब शाम की हवा के झोंकों से जंजीरें और कंकाल बज उठते थे तो यह दृश्य बड़ा भयंकर हो उठता था।

भीतर तहखाने में लाशों के अवशेष फेंके जाते थे। पेरिस के दूसरे हिस्सों में बनी टिकटिकियों पर जिन लोगों को फांसियां दी। जाती थीं, उनकी लाशें भी इसी तहखाने में फेंकी जाती थीं। यहां बहुत-से महान् और मासूम व्यक्तियों की हड्डियां जमा थीं।

कासीमोडो के गायब होने के विषय में हम सिर्फ़ इतनी जानकारी हासिल कर पाए हैं–इन घटनाओं के डेढ़ बरस बाद जब कुछ लोग ओलिवियर ले' देम की लाश लेने तहखाने में दाखिल हुए, जिस पर मेहरबान होकर चार्ल्स आठवें ने उसे एक अच्छे कब्रिस्तान में दफनाने की इजाज़त दे दी थी, तो अन्य बदसूरत अवशेषों में उन्हें दो कंकाल दिखाई दिए। एक कंकाल ने दूसरे कंकाल की कमर में बांहें डाल रखी थीं। एक कंकाल किसी औरत का मालूम होता था, उसकी सफेद पोशाक के कुछ टुकड़े अभी भी दिखाई दे रहे थे और उसकी गर्दन से एक छोटी-सी रेशमी थैली लटकी थी, जिसमें हरे रंग के मोती जड़े थे। थैली खाली थी। यह थैली इतनी मामूली थी कि जल्लाद ने उसे अपने पास रखने की ज़रूरत नहीं समझी थी। दूसरा कंकाल एक मर्द का था, जिसकी रीढ़ की हड्डी विकृत थी और दोनों टांगों की लंबाई में फर्क था। उसकी गर्दन की हड्डी टूटी नहीं थी, जिससे जाहिर था कि उसे फांसी नहीं दी गई थी, बल्कि वह खुद-ब-खुद वहां मरने के लिए आ गया था। जब उन लोगों ने दोनों कंकालों को अलग करने की कोशिश की तो मर्द का कंकाल छूते ही बिखरकर मिट्टी में मिल गया।

• • •